아침 햇살은 삶의 이야기

# 가을 달빛이 엮어가는 인연

# 가을 달빛이 엮어가는 인연

펴 낸 날 2025년 01월 23일

지 은 이 월암 이민식
펴 낸 이 이기성
기획편집 서해주, 이지희
표지디자인 서해주
책임마케팅 강보현, 김성욱
펴 낸 곳 도서출판 생각나눔
출판등록 제 2018-000288호
주 소 경기도 고양시 덕양구 청초로 66, 덕은리버워크 B동 1708호, 1709호
전 화 02-325-5100
팩 스 02-325-5101
홈페이지 www.생각나눔.kr
이 메 일 bookmain@think-book.com

• 책값은 표지 뒷면에 표기되어 있습니다.
ISBN 979-11-7048-824-8 (03810)

# 가을 달빛이 엮어가는 인연

아침 햇살은 삶의 이야기

월암 이민식 시집

생각나눔

# 목 차

## 가을 달빛이 엮어가는 인연

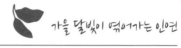

# 아침 이슬

밤을 새워 시간 가는 줄도 모르고
가을 축제를 벌이던
귀뚜라미 노랫소리도
날이 훤해 새벽녘이 찾아들면
놀 만큼 놀아 힘이 빠졌는지
흥이 시들해졌는지
하나, 둘 귀갓길에 오르고
잔치마당 파장에 행동이 꿈 뜬
마음 느긋한 백수 한둘이 남아
부르는 콧노래 소리는
처음도 끝도 없는 메들리고
아침은 청소부 아저씨 청소하듯이
어둠을 한 꺼풀 두 꺼풀 걷어 가면
알에서 깨어난 듯
보이지 않는 공간에서
물풍선 물 새어 나오듯 새소리 터져 나오고
간밤에 재미나는 꿈 이야기라도 하는지
신이나 말하는 이야기는
청산유수같이 막힘이 없다
가을 숨을 쉬는 강가에서
물안개는 피어올라

이불을 펴듯 땅을 덮어오고
벼꽃이 활짝 핀 논에서
빽빽이 오일장 천막을 쳐 놓은 듯
거미줄 집이 빼곡히 지어져 있고
밤을 새운 거미줄에 날파리 나방 대신
아침햇살에 반짝이는
이슬만 잔뜩 매달아 놓았구나

2024. 8. 25.

# 아침 출근길

날씨는 밤낮으로 더워서
여름인지 가을인지 의문인데
시간에 절기는 처서를 지났다고
귀뚜라미가 내게 말하는데
느낌으로 느끼는 가을은
내 옆에 와 있는 것 같은데
부끄러움 많은 아가씨같이
내 그림자만 따르고 있는 듯하네
오늘도 뒷산 다람쥐는 올밤나무 아래서
고개를 갸우뚱거리며 손가락을 꼽아가며
알밤이 익어 떨어질 날만 기다리고
알 깨어나듯 씨앗에서 방금 깨어난
가을 무 배추는 훈련병같이
군기가 들어 줄을 똑바로 서서
햇살 이야기를 귀 기울여 듣고 산적같이 무리를 이룬
참새 떼는 어디 노다지가 없나 하고
이 논배미 저 논배미를 때 이른 순찰을 나서고
아침 배를 든든히 채운 왜가리는 논두렁을
어슬렁어슬렁 여유만만이고
노란 달맞이꽃이 길가에 서서
반갑다고 손을 흔드네

2024. 8. 26.

# 행복한 하루

보릿고개는 한참 지났는데
더위 난다고 여름 양식 다 떨어졌는지
아침을 못 먹은 참새 떼는
반쯤 고개 숙인 벼 이삭에 달라붙어
백수 시간 까먹듯 느긋하게 벼 이삭을 까먹다가
논 주인 발걸음 소리에 놀라
엎어지고 자빠지고 허둥거리며
달아나는 꼴이 우습구나
풀섶에서 하안거로 인내심을 키우던 호박도
때가 되었는지 깨달음을 얻었는지
풀섶을 제치고 오도송으로
누런 엉덩이를 내밀고 뿌듯하게 존재감을 알린다
가는 시간을 가로막고 여기서도 저기서도
매미는 억울하다고 데모를 해대고
고된 여름날 노동을 참아낸
오곡백과 농심은 깊은 강물처럼
묵직하게 가을을 밀고
늦여름은 더위와 어깨동무를 하며 버티고
아웅다웅 오늘 하루도 세월은 수싸움 묘수를 찾아간다
흘러가는 시간처럼 오늘 하루도 삶에 묘수를 찾아
행복한 하루가 되어보자

2024. 8. 27.

# 가을밤은 아름답다

늦여름과 초가을이 만나는 밤은
민물과 바닷물이 만나는 것 같이
새로움으로 마음을 들뜨게 하고
가을밤은 아름답다
결실을 맺어가는 곡식들에 밤 향기는
여인에 향수만큼 감미로워
깊은숨을 들이쉬고
그 상큼함에 감탄사로 느낌표 하나를 찍는다
산속 숲속에서 하루를 살고 난
만물들이 살아가는 이야기가
미풍 따라 솔솔 흘러나와
내 얼굴에 닿으면
목욕을 한 듯 몸과 마음을 가볍게 한다
강물보다 더 푸른 가을밤 하늘에
처녀 총각이 마음에 그리는
사랑 이야기만큼
가슴 두근거리는 소리로
작은 별빛들이 꼼지락거리고
내 마음을 아는지 모르는지
귀뚜라미 노랫소리는
가을밤 운치에 흥을 보태고

반딧불은 공연 응원이라도 나왔는지
귀뚜라미 노랫소리에 맞추어
엉덩이에 불을 켰다 껐다 하며
분위기를 띄우고
사람들이 하나, 둘 무리를 이루어
운동을 하는지
세상 소문 이야기를 묻고 답하는지
때론 웃고 때론 놀라고
오욕칠정이 다 녹아 나오고
인간들이 하는 이야기가 재미있는지
강둑 풀섶에서 개구리가 말참견하고 싶은지
펄쩍 뛰어나온다
달빛 따라 흘러가는 시간은
내가 느끼는 감정을 하나도 안 빼먹고
마음에 기억으로 꼼꼼히 조각해
추억에 하루로 목록에 적어
인생 창고에 저장해 간다

2024. 8. 27.

# 마음만 급한 하루

앞산 매미가 먼저 노래를 하니
뒷산 매미가 따라 부르다
마음이 급했는지 합창한다
시간은 계절에 변화를 원하고
먼 나라 태풍 소식에
너울 바람이 꼬리를 치며 분다
아침저녁으로 귀뚜라미 소리가 커 가는 걸 보니
가을은 알게 모르게 내 앞에 서 있고
한층 가벼워진 공기는 파란 나팔꽃을 흔들고
하늘을 꽉 채운 짙은 구름은
내 마음같이 우물쭈물 무엇을 할까
결정 못 하고 뜸만 들이고 있네
하루해는 빵을 구워가듯
벌써 김이 모락모락 나는데
나는 아직도 나의 하루를 무엇으로 채워갈까?
궁리만 하고 있는데
내가 걸어 놓은 올가미를
요리조리 빠져나간 시곗바늘은
삼십육계 줄행랑을 놓고
닭 쫓던 개 지붕 쳐다보듯
허탈한 마음에 커피 한 잔으로

빈 가슴 메꾸어 가며 궁색한 여유를 부리다
여기저기서 다른 사람들이 일하는
기계 소리가 심장을 방망이질해 오고
이대로 가만히 있으면 나만 뒤처진다는
불안한 생각에 은근슬쩍 자리를 털고 일어나
동냥 구걸하듯 하루 일거리를 찾아
들길을 나서네

2024. 8. 28.

# 삶과 욕망

인생은 연습이다
성공하면 성공한 단맛에
유혹에 빠져들고
실패하면 그곳에서 빠져나오려고
모험에 발버둥을 친다
오늘 원하는 것을
욕망에 그릇이 철철 넘쳐나도록 채워도
내일이면 또다시 처음처럼 시작되고
욕망에 만족은 모래사장에
물새듯이 하나도 없고
어제처럼 하루 일 끝나고
몸과 마음이 피로하면
움직이는 일 욕심은 m연기 사라지듯 사라지고
또 다른 욕망 쉬고 잠자고 싶은
새로운 욕망이 생기고
한숨 자고 나 힘이 충전되면
오늘은 또 다른 욕심이 발동한다
매일 매달 매년을 수십 번 반복해도
심장이 멈추는 그 순간까지
욕망은 일어난다

2024. 8. 29.

# 좋은 날이 오겠지

조명을 비추듯 구름 사이로
햇살은 땅을 비추고
계절은 엎치락뒤치락
여름과 가을이 씨름하고
하늘과 땅이 음양이 있듯
그 장단에 편을 갈라
나뭇가지에 붙은 매미는
시곗바늘을 붙잡고 늘어지고
풀섶 그늘에서
조용히 자리를 지키고 있는 귀뚜라미는
달력을 보여준다
해가 뜨고 지면 하루에 매듭은 지워지고
인생은 수많은 날 중에
소중했던 날만 추억으로 기억한다
꽃잎이 바람에 향기를 날리면
벌, 나비는 단맛을 찾아 날아오듯
좋은 말 이쁜 행동을 하면
내게도 행운과 사랑이
풀잎에 이슬방울 맺히듯
좋은 날이 오겠지

2024. 8. 29.

# 하루를 살아가는 방법

오늘 아침은 햇살이 보내오는 편지 대신에
구름을 타고 오는 비가
내리는 글을 읽는다
누구는 우산 속에서
빗소리가 큰 소리로 읽어주는
글을 몸으로 읽고
누구는 커피 한잔에 여유를 가지며
느긋하게 처마 끝에서 떨어지는
낙숫물 소리로 마음으로 읽어간다
이해한다
같은 느낌이라도 소리로 듣는 사람
눈으로 보는 사람 그때 감정에 따라서 듣는 이야기는
각색되어 다르게 들리고
참새가 듣는 소리
꽃잎이 반기는 빗방울 소리는
같은 시 공간에서 벌어지는
일이라 할지라도 그 느낌 다르다
차를 타고 가는 내 유리창을 두드리며
속삭여 오는 꼬드김 소리는
사랑하는 임과 딱 마주친 그 반가움이다
시간에 청룡 열차를 타고 너도 가고 나도 간다

해 질 녘 저녁 하늘이 그리는 그림은
너와 나는 똑같은 그림일까?
또 다른 글일까?
시간은 우리에게 말하네
삶에 주어진 시간은 자유라고
그 대본을 쓰는 사람 이야기 따라
세상이 보여주는 동화 한 편이라고

2024. 8. 29.

# 매미의 권세

옛날이야기처럼 우여곡절 끝에
시간은 오르막을 오르듯
힘들게 팔월 마지막 날
달력을 뛰어넘으러 달려왔건만
무더위 장대 높이는 너무 높다
예년 같으면 지금쯤은 쉽게 뛰어넘어
가을 여행길을 나설 텐데
세월은 청춘으로 회춘하는지
오늘도 쨍쨍 볶아대는 햇살에
숨이 막힐 만큼 더위에 회초리는
고된 시집살이를 시키고
하루하루 넘기기가
고추를 먹은 입만큼 맵다
사당패 사물놀이에 구경꾼 모여들 듯
산 넘어 덩치 큰 소나기구름은
구경만 할 뿐 놀이판에 끼어들어
바지저고리 춤 한번 안 추고
엉거주춤 서 있고
호랑이 기세 등에 업은 여우가 왕질 하듯
기운 센 햇살에 무더위까지 등에 업은
매미 권세는 하늘과 땅에

그 노랫소리 안 들리는 곳 없고
아직도 천하는 제 세상이라고
유세를 부리고
어쩌다 불던 가을바람도 그 기세에 눌려
나뭇잎 밑으로 몸을 피하고
믿을 것은 인내뿐이라고 한탄을 하네

2024. 8. 30.

# 삶에 진짜

흰 머리카락이 내 머리에 둥지를 틀고
뛰고 걷고 넘어지고
건너온 세월의 강을 건너서
환갑 고개 넘고 보니
빨리 달리던 걸음도 나이만큼 느려지고
느려진 속도만큼 안 보이던 경치도 보인다
그러다 어느 날 문득
내 가슴을 치고 가는 찌릿한 그 느낌은
젊은 청춘 한때를
몽땅 가져간 사랑
그 사랑 이야기는 세월을 훌쩍 뛰어넘어
황혼이 짙어가는 노년에도 불쑥 나타나
봄날 어느 꽃을 볼 때도 생각나고
좋은 경치를 봐도
기분 좋은 향기를 흘린다
이루어진 사랑이라면
현실에 쓰라린 쓴맛도 배어있어
그 그리움이 덜할 텐데
이쁜 꿈 아름다움에 생각들
좋은 것만 꽉 채워진 짝사랑이라서
언제 어디서나 봄날의 꽃보다

가을날 별빛보다
이쁜 마음에 꽃이 되어
빛바래지 않는 사랑이 닳도록
꺼내보고 넣었다 해도
갓 건져 올린 물고기의 생동감같이
언제나 싱싱하다
인생을 살아오면서 바라고
원하던 일 이룸도
맺어진 사랑에 인연같이 좋지만
노력해도 못 이룬 꿈도 짝사랑처럼
이쁨으로 남는 것을
세상을 살고 보니
나이가 가르쳐 주더라
살아가다 보니 원망도 잊히고
마음도 이쁨으로 보듬을 수
있는 것이 삶이더라
완주하는 마라토너의
땀방울이 값지듯이
포기 없이 끝까지 가다 보면
그 속에 삶에 진짜가 있더라

2024. 8. 31.

# 시원섭섭하구나

시어머니 며느리 시집살이 시키듯
무더위로 여름을 혹독하게 몰아치던 시간도
매미 노랫소리와 함께 팔월 마지막 날
달력을 뛰어넘으려 몸을 날리고
숲에서 솔솔 부는 바람이 구월에 연줄을 댄다
가을바람이 닭 날개를 들썩이면
묵은 털은 하나둘 빠지고
윤기가 반짝반짝거리는 새털로
털갈이를 시작하고
구월이 날짜를 풀어 놓으면
손주 장난감 블록 맞추듯
순서대로 숫자를 끼워 맞추어 가면
잘 익은 알밤 떨어져 굴러오듯
가을은 내 곁에서 둥지를 틀겠지
나뭇잎 사이로 햇살이 찾아들면
이별을 앞둔 매미는 여름 한때
동고동락하던 나랑 헤어짐이 서러운지
눈물 콧물로 이별가를 부르고
여름꽃은 옳다 그르다
말 한마디 없이 발등에 꽃씨를 떨군다
매미 소리 못 들어서 아쉽다만

지독한 무더위 품에서 벗어나니
속은 시원한데 한 계절을 보내고 나니
고무줄 늘어가듯 나이는 세월을 늘려가고
언젠가는 고무줄 끊어지듯
내 삶도 지고 말 꽃인데
왠지 모르게 가는 세월이
시원섭섭하구나

2024. 8. 31.

# 오는 세월 변함없고

태산을 넘어선 아침 해는
유리창에 부딪혀
폭탄이 폭발하듯 햇살 파편이
양 사방으로 튕겨 흩어지고
시간은 물결을 일으켜
세상 만물들이 쓰고도 남을 만큼
햇살을 넉넉하게 밀어준다
부지런한 개미는 벌써
아침 찬거리 입에 물고
아이들 학교 가듯 줄지어 집으로 가고
세월은 팔월에 강 건너 구월 땅에 도착하니
귀뚜라미는 마중 나와
환영에 기쁜 노래를 불러 반겨주고
세월은 등을 보이고 가을 풀벌레 소리에
둘러싸여 그들이 이끈 대로 천천히
발걸음을 옮긴다
계절은 때가 되면
말하지 않아도 기다리지 않아도 오고 가듯이
나 하나 죽으면 세상은 말세가 온 듯
큰일이다 싶지만 나 없어도
세상은 아무 일 없이 잘도 돌아간다

인간사 이야기도 당사자들에게는
태어나고 죽음이 놀랄 만큼
큰 기쁨과 슬픔에 사연들이지만
넓은 세상일로 보면
찻잔 속에 태풍처럼 아무 일도 아닌데
진리를 이해 못 하는 인생들은
희로애락 깊은 늪에 빠져
주름살을 키워나간다
세상은 낡고 늙은 헌 기둥을 빼고
튼튼하고 싱싱한 새로운 기둥으로
세상을 떠받혀 나가는 것
삶과 죽음은 늘 공존하고
그래서 세상은 어제 아무 일 없듯
오늘도 어떤 일이 벌어져도
아무 일 없듯이 하루를 넘기고
내일은 오늘같이 무심하게 또 온다

2024. 9. 1.

# 사부곡

가을 달빛에 귀뚜라미는 울고
내 곁을 지키던 기둥 하나 홀라당 빠져가니
하늘이 무너진 듯 땅이 꺼진 듯
뒤로 넘어갈 듯 놀래라
언제까지나 나의 삶의 자리에 서서
영원한 방패막이가 될 줄 알았는데
이젠 죽음에 경계선을 넘어가
아무리 찾아봐도 불러 봐도
만날 수도 볼 수도 없네
잊으려 한들 생각만큼 잘 잊어질까?
함께한 세월만큼 흘러가야 인연이 무디어지지
이 한밤을 지새우고 나면
아버지는 내 곁을 떠나
고향 산천으로 돌아간다
어릴 때 뛰어놀던 동무가 보고파 돌아왔네
산그늘 어둠이 찾아들고
밥 짓는 저녁연기가 마을을
한 바퀴 술래잡기하면
저녁때 엄마가 부르는 목소리를
다시 듣고파 찾아왔네
골목길 굽이굽이마다 추억이 배어 있는 땅
눈을 뜨고 있어도 못 잊고

눈을 감고 있어도 못 잊어
이제는 고향 흙이랑 하나 되려고 돌아왔네
내 없는 고향 산천은 강산이 몇 번 둔갑하고
얼마나 많은 발자국들이 사라져 갔는가?
오랜 객지 생활 끝에 덜 먹고 덜 쓰고
모은 재물 다 던져 놓고
마지막 딱 하나 끝까지 가지고 싶은 것은
어릴 적 손과 몸으로 갖고 놀던 그 흙이 그리워
삶을 죽음으로 바꾸어 돌아와 그 땅을 지키려
한 줌에 재가 되어 돌아왔네
동네 정자나무는 반가워서 살랑살랑 잎을 흔들고
피라미 잡고 놀던 그 시냇물도
그때 그 길 따라 흐르고 메뚜기 잡아 오던
논두렁도 그 논두렁인데
그동안 세월과 사람만 떠나갔네
이제까지 오감 오욕칠정을 나누었던
아버지가 내 곁을 떠나 고향 흙이랑
아버지 육신의 재가 하나가 되니
다시 못 볼 슬픈 감정에
이별이 부르는 노래는 눈물이더라

2024. 9. 1.

# 모 기

계절은 여름을 지나 가을로 온 듯싶은데
시간은 구월 초라고 해도
팔월 무더위는 정산이 덜 끝났는지
지구 온난화로 그런지 아직도 한여름인 양 밤낮으로 덥고
올여름이 얼마나 더웠으면
감나무 땡감이 산채로 익어 화상을 입었고
따뜻한 기운을 좋아하는 회충 날파리 모기는
얼마나 많아 번식했는지
밤거리가 교통 정리가 안 되어
밤길을 나서면 얼굴에 부딪힌다
어둠이 짙어 눈 앞을 가리고
하늘에 별빛은 이야기하듯 반짝거리는데
숲속 가을바람은 고속도로를 만들 듯 열심히 길을 내고
언제 어느 사이에 왔다 갔는지
모기는 인신 공양을 받고
잘 먹고 간다고 인사를 하는데
주사 자국 같은 흔적에
지독한 가려움을 주고 가네
얻어먹으면서 고맙다고 인사는 못 해도
그냥 조용히 떠나기만 해도 밉지 않을 텐데
가려운 선물은 참 고약한 버릇이구먼

2024. 9. 2.

# 구월 어느 날

오늘도 살아있다고 기분 좋게 수탉은
길게 목청을 뽑아 세상에 그 기쁨 알리고
어제 보고 오늘 다시 본 아침 해는
반갑다고 동쪽 하늘에서 손을 들어 반짝인다
세월은 구월이라 해도 날씨는 한여름같이 더운데
신통하게도 구월로 들어서니
매미 소리 드문드문한 걸 보니
시간에 무서움 알겠네
가을을 등에 업은 귀뚜라미는
풀섶에서 힘차게 노래하고
참새는 울타리에 앉아
밤새 안녕을 묻고
비둘기는 먹이를 찾아
자기만 아는 비밀장소로
남들이 알까 봐
몰래 허공으로 달아나고
가을날 하루도 이렇게 다양한
삶을 살아간다
나도 세상일 구색을 갖추려
나의 영토로 나가
어제 못다 한 일하러 갈까 싶네

2024. 9. 2.

# 구월의 해바라기

땅속에서 늦잠을 자다
햇살이 뜨거워 놀라 뛰쳐나오니
계절은 벌써 봄을 지나
초여름을 달리고
부지런한 형제들은
벌써 자라나 어른이 되어
갓만큼 커다란 꽃을 피워
몰려든 벌, 나비 날갯짓 바람에
연잎만큼 큰 잎은 노를 저어가듯
시간을 저어가고
햇살을 알뜰히 저축해
튼실히 자라 하늘을 보아도 빈자리 없고
땅을 보아도 빈자리 없어
팔자거니 하고 생각을 다잡아
동냥 햇살에 눈치 빗물 밥에도
불평불만 없이 주는 것만큼 받아
인내의 시간을 알뜰살뜰 부지런히
세월을 주워 담다 보니
어느덧 더위가 시들하고
매미 소리는 짚불처럼 사그라들고
불꽃이 일어나듯

귀뚜라미 소리가 빈 공간을 천천히 채워 가면
먼저 태어난 해바라기 형제들은
한해 일생을 끝내고 하나, 둘 베어져 나간다
가을 하늘이 푸르게 시려 오는 아침에
선녀 옷같이 곱게 물들인 노란 꽃잎을
반쯤 열고 상품을 진열하듯
너른 원판에 별똥별을 닮은
예쁜 작은 꽃들을 도미노를 설치한 듯
시간이 신호를 보내면
순차적으로 조명등 불 들어오듯
반짝 피워가며 예쁨을 자랑하고
때 늦은 꽃이지만 포기 없는
불굴의 의지가 이뻐서 기특해서
지나가는 사람들 시선을 다 끌어모아
사랑으로 씨앗이 맺히겠네
계절을 초월해서
당당히 피어선 용기가 더 돋보이고
남성미가 가득한 너를
어찌 이뻐하지 않을 수 있겠느냐?

2024. 9. 3.

# 늦더위가 괴로워서

어제저녁에 태양은
친구랑 어울려 과음했는지
몸살이 났는지
어느 구석에서 숨어
늦잠을 자는지 보이지 않고
햇살 없는 하늘에는 개구쟁이 낙서하듯
구름이 하늘을 가리고
온 천하가 제 세상인 양
지웠다 그렸다 변덕을
팥죽 끓이듯 야단법석을 피운다
구름이 이래 놀던 저래 놀던
햇살이 안 보이니
시원해서 좋네
시간은 구월 초순이라고
절기는 분명히 가을이라고 말하는데
그동안 눈치 없이 태양이 심하게
땅을 들볶아 대더니
오늘은 미운 놈 안 보이니
마음만큼 날씨가 시원해서 좋다
귀뚜라미 소리 따라 가을은 한 겹 두 겹
시간에 옷을 입혀 나가고

말없이 달아나는 세월은 장난이라 하며
얼굴에 주름살을 그려놓고
날 잡아보라 하고 달아나니
닭 쫓던 개 지붕 쳐다보듯
어이없네

2024. 9. 3.

# 함박웃음

하루를 시작한 아침햇살은
낮 동안 긴 시간을
같이 놀 동무가 필요한지
나뭇가지 그림자로 창문을 똑똑 두드려
나를 불러내고
계절은 고단한 무더운 여름을 지나
찬바람이 일어나는 간이역
처서도 지나고 찬 이슬이 내린다는
한로가 내일모레라고
다음 역 정차를 알린다
새벽이슬은 벼 잎끝에 맺혀
몸을 움츠리고
아침햇살에 몸을 녹이며
가을이 왔음을 티 내고
도선생 참새는 반쯤 익어가는
남의 집 벼 이삭 까먹는다고
정신없다가 가까이 다가온
차 소리가 주인인 줄 알고
놀란 참새 중대 병력이 달아나는데
가을바람에 낙엽 쓸려나가듯
중구난방으로 이리저리 패잔병같이

어지럽게 날아 뽕나무 가지 사이로
숨어들면 뽕나무 가지에 더부살이하던
이슬 머금고 피어있던 파란 나팔꽃이
새벽 내 모은 이슬방울을
신통방통해 아침햇살에
이리 비추어보고 저리 비추어보고
자랑하며 가지고 놀던
장난감을 날벼락을 맞은 듯
흔들림에 놀라 이슬방울은 떨어지고
이슬방울 주우려
나이 든 꽃잎도 같이 떨어진다
시원할 때 일한다고
고추밭에서 새벽부터 수확했는지
뒷집아저씨는 이슬에 옷이 젖어
물에 빠졌다 나온 사람같이
흠뻑 젖어있고
고추가 풍년이 들었는지
큰 자루 가득 채워 울러 메고 나오는데
아침 인사를 건네니
함박웃음으로 답하네

2024. 9. 4.

# 풍년

여름 끝자락과 가을날을
다리로 이어주는
구월 초순 어느 날 오후
한물간 햇살은 있는 힘 없는 힘
다 불러 모아 혼신의 힘을 쏟아부으니
전성기 팔월 한여름 땡볕과 다름없고
그 열정에 농부 등골은
땀방울이 모여들어 냇물이 흐르듯
땀 물이 고랑을 내어 줄줄 타고 흐른다
더운 날씨에 착각에 빠진
늦여름 매미는
아직도 자기 세상인 양
어제 못다 부른
청춘에 사랑가를 불러대며
경기장 치어리더같이
태양 힘내라고 목청을 높여
떼창으로 부르는 응원가에
귀뚜라미 기가 죽어 잡히면 맞을까 봐
햇살에 맞아 멍이 들어서 시들시들한
풀잎 밑으로 꽁꽁 숨어들어
입을 다물었네

아침저녁을 쌀랑한 가을바람 침 맛봤다고
벼 이삭은 놀부 마음 쓰듯
햇살을 힘에 넘치도록 끌어다 모아
빈 껍질마다 알곡을 착착 다져
빈틈없이 빠르게 채워가고
한배 가득 실어 무거워진 벼 이삭은
항아리에 든 코브라 인도 마술사 피리 소리에
목을 흔들며 춤추며 일어서듯
작은 미풍에도 뒤뚱거리는
몸놀림으로 쓰러질 듯 자빠질 듯
불안하게 파도타기 놀이를 즐긴다
저렇게 위험하게 놀다 자빠져 못 일어나면
속이 상해 멍이 든 농심은 누가 달래주나
따발총을 쏘듯 따끔하게 쏘아대는
막가파 무더위 햇살을 피해
태양이 가는 길을 멀리 피해서
먼 산봉우리에 걸터앉은 하얀 뜬구름은
혼자 말로 더운 여름날 고생은 해도
풍년은 들었다고 남 이야기하듯
쉽게 한 소리 거들고 지나가네

2024. 9. 4.

# 큰 강에 찾아온 가을

새벽안개가 구름처럼 피어나
강 버들 숲을 한 바퀴 돌아가며
아침이 왔다고
물새 오리들 새벽잠 다 깨워놓고
나팔꽃 울타리 기어오르듯
환희에 춤을 추며 실보다 더 가느다란
아침햇살을 타고
하늘에 구름이 되어
그리운 님 찾아올라
머물고 싶은 곳을 찾아
산 넘어 동네로 날아가고
여름날 홍수에 떠내려와
자리 잡은 강가에 쌀을 씻어 놓은 듯
욕심을 다 버린 듯
하얀 모래알 모여 사는 동네에
종달새 무리는 이른 가을 운동회라도 하는지
재미있게 오고 가는 농담 소리에
꼴까닥 술 넘어가는 소리도 살짝 들리고
춤도 추고 노래도 하며 얼마나 즐겁게 놀고 있는지
종달새 발걸음은 게 춤으로 깡충거린다
가만히 바라보는 나도 흥이 일어나

이참에 그들이 벌리는 잔치판에 끼어들어
어울리고 싶구나
거울을 내려놓은 듯
맑은 물은 속살이 훤히 다 들여다보이고
가을 햇살이 기운을 불어넣으니
피라미는 통통하게 살아 쪄가고
아침부터 몸보신 하겠다고
왜가리는 물속을 이리저리 오고 가며
낚시질을 땀이 나도록 열심히 하는데
오늘 운수는 피라미가 좋을지
왜가리가 좋을지 나는 모르겠네
아마도 한참 동안 어슬렁거리고
다니는 걸 보니
왜가리가 재미를 쏠쏠히 보는 것 같네

2024. 9. 5.

# 늙어가는 농부의 변명

오늘도 마음은 물욕에게 자리를 내어준다
아무 일도 안 하고 가만히 쉬고 싶은데
눈길은 자꾸 시계 얼굴만 쳐다보고
눈치를 본다
마음은 일하러 가자고 자꾸 조르는
욕심 때문에 앉아 있는 자리가 불안 초조해지고
심장이 벌렁거려 더 이상 못 버티겠네
일복을 갈아입고 막상 들로 나서면
딱히 해야 할 일은 없는데
막상 논밭에 들어서면 온 천지가 할 일이라
무슨 일부터 먼저 해야 할지 몰라
시간 보내기로 여기서도 조금 저기서도 조금
동냥 얻듯 이 일했다 저 일했다
두서없이 허둥거리다
햇살이 하늘을 꽉 채운 정오를 알리면
일하러 나온 시간은 안 따지고
쉬러 들어가는 시간은 칼같이 지켜
벌집 건드려 달아나듯
쏜살같이 집으로 온다
점심을 먹고 커피 한 잔으로 입가심하고
신문을 통해 세상 돌아가는 소식도 듣고

핸드폰 가지고 놀다가
심심하면 낮잠 한숨도 자고
햇살이 해거름으로 돌아서 등을 보이면
졸장부 싸움터 나서듯
못 이기는 척 들로 나갔다
뒷산 그늘이 앞산 발꿈치를 잡으면
일 나갈 때는 완행버스 속도로
집으로 돌아올 때는 고속버스 속도로
쌩하게 달려온다
나이 든 농부에 하루 일상 무엇이
남는지 모르겠네
사회에서 은퇴한 사람이
돈 욕심 일 욕심 부려본들
시 늦고 때 늦어
몸 혹사해 돈 벌어 본들 어디에 쓸까
다 병원으로 들어갈 것인데
환갑 진갑 다 지난 인생인데
인생은 칠십부터니 백세시대니 하는 말은
오래 살고 있는 사람이 죽지 못해서
젊은 사람들에게 미안해서
말하는 변명이고 욕심이고

두고 쓰는 말 반찬으로 하는 말이지
오래 살면 살아갈수록 오르막길이다
어차피 세상 진리는 공수래공수거다
이래도 한세상 저래도 한세상
늙어가는 농부에 하루는
있는 듯 없는 듯
일하기 싫은 농부에 핑곗거리로
어울리는 변명 아닌가
이렇게 저렇게 우여곡절 끝에
오늘도 어화둥둥 하루해는
나를 싣고 너를 싣고
세월을 타고 넘어간다

2024. 9. 5.

# 벌 초

어제 밤비는 새색시 친정 다녀가듯
아는 둥 모르는 둥 내리고 생각지도 못한
보너스를 받은 가을 들꽃이며 풀잎들은 난데없는
횡재수에 웃음이 만발하고
오랜 기다림 끝에 목마른 갈증을 해소하고
생기를 얻어 기분이 좋아 날아가는 참새더러
놀다 가라고 인심을 쓴다
노랗게 물든 올벼는 이번 추석 차례상에
올라 한몫하겠다고 옹골차게 익어
추수할 날만 기다리던 벼는
간밤에 내린 밤비가 빗방울이 되어
무거운 이삭 위에 또 맺히니
그 무게에 등 허리가 휘어 힘들다고 하소연하고
추석이 코앞이라고 봄 산에 장끼가 까투리 부르듯
이 산에서도 저 산에서도 벌초한다고
기계 소리가 산천을 호령하고
반듯하게 알밤 모양 잘 정리된
묘지는 조상을 공경하는 후손들에 정성을
마음으로 표시하는 보답이라서 남들이 구경해도
마음에 흐뭇한 감동에 물결로 밀려와
나도 뭔가 해야 한다는 의욕에 방아쇠를 당긴다

2024. 9. 6.

# 가을은 천국

가을 해거름 햇살이
나무 그늘을 길게 개울 넘어
길까지 다리를 놓고
아버지 허리띠를 풀어 놓은 듯
들길 따라 예쁜 코스모스는 드문드문 피어나
들길 끝까지 이어져 있고
이 동네 저 동네 벌, 나비 종류대로
다 불러 모아 꽃 잔치를 벌이는 어느 가을날
들일 나간 아버지 배고플까 봐
쉴참 싸 들고 작은 그림자
둘에 큰 그림자 하나가
꽃길을 꽃가지 꺽어들고 앞서거니 뒤서거니
노래를 불렀다
웃음을 웃었다
걸어가는 뒷모습은 꽃보다 더 이쁘다
밭두렁 따라 징검다리를 놓듯
드문드문 잘 익은 호박이 다리를 놓고
고추밭에는 잘 익어서 수박 속보다 더 붉은
고추가 모여 가을 운동회 만국기 휘날리듯
가을바람에 은근슬쩍 건강으로 다져진
다부진 몸매 자랑하고

노랑 방울이 물들어 가는 들논에는
누룽지를 끓어 놓은 듯
벼 익어가는 내음이 군침을 돌게 하고
벼 타작을 해 가마솥에 고슬고슬하게
밥 지어 참기름 장에 밥 비벼서 먹으면
눈 깜짝할 사이
아이도 한 그릇 어른도 한 그릇
뚝딱 먹어 치우겠네
오곡백과가 익는 계절
산은 산대로 들은 들대로
강은 강대로
먹을 것 볼 것 즐길 것
천지 삐까리네
이래서 가을은
천국 같은 계절이네

2024. 9. 6.

# 가을 타는 남자

비가 온다
일기예보에도 없고
점심때까지 달력을 안 보고
날짜를 안 돌아보면
여름 햇살같이 더운 햇빛은
소금을 구워 낼 만큼 뜨거웠는데
짙은 구름 하늘도 아니고
그저 흐리고 말아도 그렇구나!
넘어갈 날씨인데
난데없이 가을비가 쏟아져
빨랫줄에 다 말린 옷 헛일이네
어이없이 내리는 비에
뒤통수를 맞은 듯 고장 난 시계처럼
몸과 마음이 멈춰 서서
멍때리고 있을 때
낙숫물 소리는 바람을 잡는다
펑 뚫린 마음으로
가을바람이 살랑살랑하면
손바닥을 뒤집듯 마음을 쉽게 바꾸고
공허한 마음은 철학자보다
더 깊은 사색으로 빠져들어

외로운 가을 기운을 탄다
갑자기 혼자가 된 느낌은
물에 빠져 허우적거림 같이 힘이 든다
가을 단풍잎같이 오욕칠정이
색깔을 나타내는 마음
웅덩이에 돌 집어넣듯
외로움이 풍덩 빠져 개헤엄을 친다

2024. 9. 6.

# 인생무상

시간은 물 흐르듯 흘러
또 한 해를 보내고
작년 이맘때처럼 벌초하러 산소 가는 길
밤나무밭을 지나다
알밤 두세 개 주워 들고
가을에 향기를 맛본다
어느덧 산 중턱 묘지에 도착해
인생사 길보다
더 얽히고설킨 잡초 밀림을
기계로 머리카락 밀어내듯
말끔히 정리해 나간다
기계 소리에 놀란 풀벌레는
천지개벽이라도 만난 듯
놀라 자빠져 허둥거리고
기계 소리가 목청을 더 높이면
기가 죽어 체념이라도 한 듯
운명을 받아들인 초목은
저항 없이 베어져 나간다
밤톨같이 잘 다듬어진 봉분에
아스팔트 포장을 한 듯
반듯한 묘지 영역에 표시는

후손들의 가슴에
뿌듯한 마음에 자부심을 심고
같은 산하에 더 좋은 명당에 누워
비석도 세우고 상석도 놓고
망두까지 놓은 걸 보니
살아 있을 때는 권세도 부귀도
누렸을 것 같은데
어느 누구 하나 벌초하는 자 없어
온갖 잡풀에 가시넝쿨이 활개를 치는 걸 보니
인생이 허무하고 악착스러운 삶이
의미가 없어진다
묵은 묘지 주인은
세상을 잘 못 살고 간 듯싶네
굽은 솔이 선산 지킨다고
못난 자식 벌초 오고
잘난 자식은 바다 건너 살고
있는 힘 없는 힘들여 자식 키워본들
아무 소용이 없네
너네 할 것 없이 죽고 보면
다 저 꼴 날 것인데
누굴 위해 내 몸 혹사해 가며

양심 팔아 물욕을 쫓아갈까?
세상만사가 다 허사인데
오늘도 허수아비 핫바지 부여잡고
오매불망하는
내 어리석음을 탓하고 싶다

2024. 9. 7.

# 백수의 신세 타령

몇 날 며칠을 기다려 봐도
코인 판은 실 펑크 난 타이어 바람 빠지듯
자꾸 쭉 더 거리 해지고
돈을 벌어 보란 듯이 때깔 나게
인심 크게 쓰고 살려고 했는데
착한 일도 사주팔자에 있어야 하는가 보다
아무리 마음은 있어도
재물이 안 받쳐주면 꿈속에 벌리는 잔치판인 걸
나 혼자 아무리 용을 써봐도
세상을 바꿀 수 없듯
시세는 내 마음대로 이길 수 없나 보다.
기회다 싶어 뛰어들면 헛다리
이번에는 진짜다 싶어
온 힘 다 모아 한 방 날리면
헛방
이래도 안 되고 저래도 안 되어
절에 스님같이 모든 걸 포기하고
돌아서 앉으면 좀을 쑤시듯
들썩이는 궁금증에
또다시 쳐다보고 속상해하고
잠시 후 혹시나 해 다시 바라봐도

그 모양 그 꼴이다
포기하고 싶지만 미련은 물귀신처럼 잡아당기고
내 약한 의지가 감당하기에는
욕심에 유혹의 힘이 더 강하다
안 하려고 해도 삶에 보탬이 될까 봐
무슨 일을 하든 남들은 다 돈 버는데
나만 놀면 뒤처질까 봐
절약한 돈 또다시 투자해 보지만
단물은 다 빼 먹었고
씹다 버린 주운 껌을 씹는지
아무리 씹어 봐도 단물은 하나도 안 나오고
운이 없는 것인지 도통 때를 못 맞추네
생과 사도 운명이듯 부귀와 가난도 팔자인지
나도 한번 단단히 마음먹고 덤벼보지만
장벽은 너무 높다
어쩌다 마음먹고 하는 일도
하나도 뜻대로 안 되고
가난 벗어 날 길 없네
가뭄에 곡식 타들어 가듯
몸과 마음이 바짝 쪼그라들어가고
오는 비 못 막고 가는 세월 못 잡듯이

마음에 욕망이 모두 다
재가 되어 비워질 때까지
대책 없이 속만 끓이다
더 이상 내어 줄 마음조차 없어지면
욕망 그릇 냅 던지고
빈 그릇에 행복을 찾으려나
삶에 욕심이 읊어대는
그 노래 따라 배우기 너무 힘들다
님아
힘들게 앞줄에 서지 말고
그냥 말없이 뒷줄에 서서
세월에 꼬랑지만
잡고 가자고 하네

2024. 9. 8.

# 거미의 탐욕

달빛 별빛 정기를 끌어모아
이슬은 혼을 불어넣어
아침햇살에 살아 있는 듯
반짝임으로 대화를 나누고
어제저녁 노을이 하늘에 구름을
열심히 구워갈 때
고소한 향기가 냇가에도 흘러들었는지
한 점 얻어먹겠다고
피라미는 널을 뛰듯
허공으로 훌쩍 뛰어올라
헹가래를 치듯 좋아하고
피라미 맛에 군침이라도 도는지
피라미 잡겠다고 거미는
그물을 어둡사리가 걸려들 때까지 치더라
밤새 쳐 놓은 거미줄에
큰 고기 다 빠져나가고
하루살이 몇 마리 걸려들어
욕심에 안 차고
거미가 아침 식사하러 나올까? 말까?
망설일 때 작은 날벌레 한 마리가
날아와 거미줄에 앉으니

거미 낚싯줄에 본드 칠이 약했는지
피아노 건반을 누르듯
줄만 흔들리고 낚이지 않고
낚아 놓은 하루살이 주위를 들락날락거리니
거미는 옳다구나 하고 횡재수 기대감에
침이 꼴깍닥 넘어가는데
이제나저제나 걸려들기만 기대하고
거미는 꼼짝도 안 하고
얼음 자세로 지켜보고
나도 날벌레가 살아가면
운수 대통이다 하고 지켜본다
거미 바람대로 횡재수를 할지
날벌레가 운수 대통을 할지
궁금해 지켜보니
날벌레가 들락날락하는
꿍심이 있었구나
날 벌레가 몇 차례 시도 끝에
거미줄에 걸린 거미 먹이를 물고
달아나는 황당한 일이 벌어지네
기는 놈 위에 뛰는 놈 있고
뛰는 놈 위에 나는 놈 있다고

오늘 거미 횡재수 노리다
동냥 그릇 빼앗기는 황당한 일이 생겼네
세상에는 절대 강자도
절대 약자도 없구나
거미줄에 걸려든 사냥감을
물고 가는 놈도 있으니 말이다
거미 놀부 탐욕이 손해를 불렀네
욕심 안 부리고 주는 대로
복 그릇에 담긴 만큼 얻어먹었으면
아침은 안 굶었을 텐데
욕심부리다 죽 쑤어
개 준 꼴이 되었네

2024. 9. 9.

# 아침이 부르는 노래

밤낮 기온은 서로가 못 알아볼 만큼
차이가 나고 계절이 자리를 바꿀는지
조용히 새벽을 지키던 안개가 돌아갈 시간이 다 되었는지
앉아 놀던 자리에서 서둘러 일어서면
그 빈자리를 누가 차지할까 봐 새치기하듯
빠르게 비집고 들어선 만물상 아침 햇살은 삶에 이야기를
한 차 실어다 풀어 놓으면 보따리 장사 호객하듯
복불복으로 골라잡으라 하네
나도 욕심에 좀 더 좋은 패 뽑아 볼까 싶어
일찍 줄을 서 이거다 싶은 패
하나 뽑아 들고 기분 좋은 마음으로
호기심 가득한 웃음으로 하루 삶 봉투를 열어 보네
촉촉한 이슬 머금고 싱글벙글 피어 있는 나팔꽃은
횡재수 패를 뽑았는지 활기차 보이고
나뭇가지에서 조잘대는 참새 소리가
웅성웅성거리는 걸 보니
오늘 패가 각양각색으로 뽑았나 보다
아침 커피 한 잔에 오늘도 살아 있음을
감사하는 마음을 녹여 차 한 잔이 부르는
아침 노래 한 곡 듣고 하루를 시작해 볼까?

2024. 9. 10.

# 반딧불이 부르는 노래

하루해가 보여준 화려한 마술쇼도
저녁노을 하늘에 펼쳐지는
빛깔에 잔치 무대도
저물어 가 막을 내리면
밤은 나그네처럼 대문을 열면서 들어서고
밤이 선물이라고 들고 온 어둠은
소금 기계를 돌려놓은 듯
소리 소문 없이 눈 쌓이듯
보이는 듯 보이지 않은 듯
소록소록 쌓여가고
어둠이 쌓여갈수록
앞이 잘 안 보이는지
가로등은 눈을 더 크게 뜨고
세상을 지켜본다
풀잎이 짙어가듯
유행가 가사 더 많이 불리면
인기가 올라가듯
귀뚜라미 노랫소리가 목소리 커지고
더 자주 들리면
가을빛은 조금씩 조금씩 더 곱게
시간을 물들여가고

별빛이 하늘길을 밝히며
가을날 밤에 아름다운 시를 읊을 때
응수라도 하듯
밤이 짙어가는 어두운 풀밭에서
반딧불이 춤을 추며 솟아올라
밤하늘에 님 실은 비행기
눈인사 깜박이며 날아가듯
만나 보고픈 그리운 님
사랑 찾아가듯
허공을 춤추며
님아 어서 오라고 부르고
아름다운 가을밤 공기는
사랑에 윙크로 내 마음을 깨운다
알에서 깨어난 병아리 물 찾듯
내 마음은 설렘으로 너를 찾아 부르고
바람이 부는 언덕에 매달린 청춘 깃발은
찢어질 듯 펄럭인다
그 바람 물결에 내 마음도 펄럭인다
빈 가슴 찢어 질만큼
꽉 채워 줄 그 사랑
어서 오라고 조용히 불러보네

2024. 9. 10.

# 나팔꽃은 무상해

새벽이슬을 머금고
아침 햇살에 피어난 나팔꽃
세상 구경이 처음이라
모든 것이 궁금하고 신기해
아침도 안 먹고 신이나
참새 노랫소리
장단 맞춘다고
나팔을 젖 먹던 힘까지
불어대더니
땡볕 햇살에
이슬주에 취한 듯
세상 향기에 취한 듯
비실거리더니
오전 햇살도 못 견뎌내고
지우개로 지운 듯이
깨끗이 흔적도 없이 지워지네
인생이 무상하다고 하나
나팔꽃 너에 비하면
천년은 더 사는 듯싶네
가을바람 냄새를 맡아
절기를 알아차린

매미 노랫소리 뜸하고
밤낮으로 울어대는 풀벌레는
가을 날씨가 안 시원하고
여름처럼 더운 까닭을 내게 물어오고
나는 절기를 뛰어넘어
구월에도 늙지 않고 쨍쨍 내리쬐이는
햇살을 잡고 그 이유를 묻는다

2024. 9. 11.

# 희망사항

오늘 아침에는 계절이 계절답지 않고
여름 날씨 열기 그대로
눈치 없이 눌러앉아 있는
답답한 늦장꾸러기 계절은
마음씨 모진 시어머니
며느리 닦달하듯 가을은
절기를 들이밀며
어서 가라고 재촉한다
이슬비는 빗자루로 더위를 쓸어내듯
사부작사부작 내리고
아침은 그사이 빈 공간을 비집고
지각한 학생처럼 헐레벌떡 들어선다
날씨가 흐려서 시원해서 그런지
햇살을 구름으로 가려
어두워서 그런지
그늘 아래서 귀뚜라미는
가을바람을 부르는 주문을 외우고
나는 커피 한 잔으로
들뜬 마음 다져가며 밤새 안녕했는지
너의 소식을 기다린다
오고 가는 시간은 암탉 알 낳듯

하루에는 수많은 이야기를
만들어 내지만 오늘 이야기는 사랑 이야기로
하늘땅만큼 가득 채운 하루가
되었으면 좋겠네

2024. 9. 11.

# 삶은 몰라서 살아간다

더운 여름날 산전수전 다 겪은
한 많은 매미가 부르다 만 노래가
채 사그라들기도 전에
그 매미 텃자리 물려받은
귀뚜라미가 부르는 노래는
가을 이야기가 되고
내 인생 이야기 한 토막이 되어
이슬비에 녹아나 내리고
우산만큼 큰 토란잎 위에
물방울이 이슬비를 모아
구슬을 만들는지
이리저리 굴리며 담금질하고
나뭇잎에 모인 빗방울은
산사에 목탁 소리가
산천을 깨우는 울림이 되듯
땅을 울리고 땅을 두드리는 소리는
진동이 되어 거미 알집 터져
헤아릴 수도 없이
많은 거미 새끼가 쏟아져 나오듯
내 머릿속을 감전시킨
빗방울 진동 소리는

그동안 삶에 수행으로
가두어 놓았던 그릇이 깨져
수많은 잡념이 기어 나와
이리 가자 저리 가자며
옥신각신 흔들어 대고
그 흔들림에 고독이 나를 부른다
세월이 나이를 채워 가면
시근이 들어 참을성도 생기고
세상사는 안목도 생길법한데
지나온 날은 명경 수 같이 훤한데
환갑 진갑이 다 지나도록 살아봐도
내일 일은 모르겠네
몰라서 살아가기가 수월한 것이
삶인지도 모른다
그래서 걱정 없이
70도 살고 80도 사는가 보다

2024. 9. 11.

# 참새와 할매

아이들 꿈속에서 놀던 아침 해는
약속이나 한 듯 나타나
반가운 인사를 건네고
여름 땡볕의 고난에 힘든
시간을 다 채우고
들판에 벼는 익어가
시간이 추석 대목임을 알리고
명절날 조상 음덕에 감사 제사 지내고
일가친척들 모여 나물밥 나눠 먹는다고
눈 붙고 날개 달린 온 동네 참새
모두 다 달려 나와
벼 이삭을 밤낮으로 훑어대니
백 마리가 될지
이백 마리가 될지
헤아릴 수 없을 만큼
많은 참새가 달라붙으니
하루에도 쌀 몇 되박은 달아나겠네
인심 좋고 마음 넉넉한 논 주인 할매도
어제부터는 도저히 못 참겠는지
실안개가 잠 안 자고 밤새도록
풀잎에 만들어 놓은 이슬이 익어

아침햇살에 떨어지기 전
이른 아침부터 논둑을 오가며
사물놀이 즐기듯
참새가 벼 이삭에 달려드는
속도에 비례해
후익후익 고함지르는 소리
징을 치는 듯 양철 소리
목청 높이면 깜짝 놀란 참새들은
앞서거니 뒤서거니
빗방울 떨어지듯
후드득 나무로 날아올라
얼마나 많은 참새가 나뭇가지에
달라붙었으면 참새 무게에
나뭇가지가 부러질 듯 휘청거리고
논 주인 할매 소리 안 들리면
다시 볏논으로 날아들고
장군 멍군으로 하루를 씨름하네
참새 떼 날아들면
구멍 난 양철 대야 들고나와 두드리고
그런 날이 몇 날 지나고 나니
대야는 고물상도 안 받아 줄 만큼

쭈굴방탱이가 되어 소리마저
노인네 목소리와 같이 달라졌네
훔치려는 자와 지키려는 자와의
삶을 건 생존에 문제라서
치열한 기 싸움은
저녁노을이 찾아들어 말리고
어둠 사리가 들어와 강제로 말려야
하루 전쟁은 휴전하고
내일 아침에 다시 보자는 약속과 함께
헤어진다

2024. 9. 12.

# 나의 하루 계획

인내의 싸움은 시작된다
온다 간다 말은 없어도
인정 많은 세월은 어제 시간을
차곡히 정리해 돌려주고
오늘 시험지를 펴놓고
내 힘에 맞는 답을 쓰라고 하네
무슨 글 무슨 일은 어떻게 해야
장원급제할까
곰곰이 생각해 보니 장원급제는 초대박이고
그냥 아무 일 문제없이
넘어가기만 해도 좋겠는데
어디 세상일이 내 마음먹는 대로
호락호락할까
싸움터에도 전략과 작전이 필요하듯
하루 일에도 계획과 방법을 알아야
할 수 있는 일 아닌가?
일하기 전에 뜨거운 커피 한 잔을
천천히 마셔가며 기계 기름칠하듯
하루 일을 수판 위에 올려놓고
주판알을 튕겨본다

2024. 9. 12.

# 기다리는 마음

시간이 안 간다
지루하다
이 더운 여름 언제 다 가나 하고
숨통을 막아서던 한더위도
시간의 절기 앞에
제풀에 지쳐 쓰러지면
들볶아 대던 여름 등살에 못 이겨
숲속으로 피신했던
시원한 가을바람이 들녘을 감아 돌아오면
가을비 촉촉이 젖은 빈 땅에서
초등학생 등교하듯
겨울을 준비하는 새싹들이
빈틈없이 올라오고
날씨가 좋아 기분 좋은 계절 오후
더 깊고 푸른 하늘 강에
가을 태양은 오리가 물 건너가듯
여유롭게 중천을 건너가고
점심 식사를 끝내고
배부른 노인네 두 사람 앉아서
오순도순 이런저런 이야기를 나누다
저들도 모르게 따뜻한 햇살이 불러주는

자장가에 세상 시름 다 잊고
머리를 꾸벅꾸벅하며
졸고 있을 때
무엇을 찾는지 닭들은 발톱으로
땅을 헤집고
머리 숙여 들여다보고
거름 자리 뒤비듯
또 파고 덮고를 반복한다
주렁주렁 매달린 콩깍지 속으로
골프공 홀인원 하듯
콩알이 알알이 들어가 줄을 서고
한들한들하는 코스모스 꽃길 따라
행여나 내 님 날 보러 오려나 하고
너무 자주 내다봐
학 모가지처럼
목이 한 발이나
길어진 듯싶네

2024. 9. 12.

# 병실에서

너는 아는가?
외로움이 홀로 뚜벅뚜벅
걸어가는 이 길을
동쪽에서 아침 해가 떠서
서쪽으로 질 때까지
병실에서 누워 빠른 회복을 기원하며
하루 종일 벽만 바라보고
오늘이 끝이 아니고
기약 없는 무기형같이
말할 상대도 없어
입술은 돌을 포갠 듯 붙어 있고
그때는 왜 그랬을까 하는
후회의 마음은
벽을 쌓아가듯 높아만 가고
들쑤셔 놓은 벌집같이 머릿속 생각은
전쟁터 모양 온종일 운동장을 뛰어다닌다
이 생각 저 생각들이 난리를 쳐대니
아들 형제 싸움에 이 편도 저 편도 못 들고
그저 오순도순 순리대로 살았으면 하는
부모 마음 바램같이 또 속을 삭인다
날개 부러져 날지 못하는

새의 아픔은 내 아픔이 되고
해 본 일도 많았고 못 해 본 일도 많지만
젊은 청춘 그 모두가
그리움이 되고 아픔이 되어
덜 절인 배추가 되어 되살아나
미련과 아쉬움에 눈물이
펑펑 쏟아진다.

2024. 9. 12.

# 세월이 기가 차서

보고픈 님 자고 나도
생각나듯이
아침 해는 새벽안개를 타고 와
아침을 열고
금방 퍼 담은 팥죽 그릇 모양
덜 식은 열기에서
품어 나오는 태양에 열기는
아침부터 뜨겁다
철 늦은 매미 소리같이
산속에서 벌초한다고
예초기 돌아가는 기계 소리가 드문드문 들리고
가을 절기에 구색 갖춘다고
가을꽃은 드문드문 피어있건만
오랜 시간 동안 더운 날씨 탓에
기운은 흩어지고 육신은 고무줄 늘어나듯
늘어나 무기력하고
감정에 느낌은 향기도 신선한 맛도
없어 가을 기분은 안 나고
아직도 여름인가 싶은 것이
시간에 지루함을 느낀다
올해 날씨는 무식이 용기라고
무대뽀로 세상 질서 다 무시하고

염치없이 눌러앉은 나그네 손님
여름 때문에 더운 시간이 지겹다
가야 할 계절은 가고
와야 할 계절은 와야 질서가 있지
한로 지나간 지가 언제인데
하루 온도는 아직도 말복 더위다
올해 날씨가 이렇다 보니
계절에 경계선이 어디인지도 모르겠네
이러다가 무개념의 세월이 오면
개구리가 책을 쓰고
참새가 용비어천가를
지어낼지도 모르겠구나
세상 앞날 어떻게 될지 모르겠네
옛말에 순천 자는 흥하고
역천자는 망한다고 했는데
세상이 그 꼴 날지 모르겠네
오늘은 오뉴월 땡볕 아래
모내기하는 개미 팔자를 그려볼까?
에어컨 그늘 아래서
베짱이 팔자를 그려볼까?

2024. 9. 13.

# 인생은 공수래공수거

생겨나고 사라지고
머물고 그러는 것이
만물들에 탄생과 삶 그리고
죽음이 아니더냐?
잡았다 싶어서 가지려 하면
헛것을 본 듯 사라지는 것이 욕망이고
놓친 고기가 더 커 보이는 것이
미련 아니더냐?
지나간 좋은 시절 그리운 것이 추억이고
또다시 한번 젊음을 외쳐보지만
주문 틀린 마술처럼 그 일은 안 일어난다
회춘은 인간이 바라는 소원이지만
시대를 흘러간 물은 거슬러 되돌아 못 가듯
청춘도 그림의 떡일 뿐이다
보고픔으로 눈물짓는 삶이
가르치는 사랑 때문에
가슴에 감동도 받고
한평생 충성도 하며 울고 웃고를 한다
더워도 시간은 흘러가듯 하룻밤 자고 나니
들깨밭에 무슨 일이 일어났는지
땅바닥에 하얀 꽃이 하늘에

새끼별만큼 많이 피어있구나
이것을 본 개미네 마을 온 동네 사람들
횡재했다고 땀이 나도록 물어 날라
부를 축적해 가고
덥다 힘들다 해도 개 쫓긴 닭 날아가듯
시간은 세월을 실어 날라
내일모레가 추석이다
기다리지 않아도 정해 놓은 날 다가오고
노인의 시간은 계단을 오르듯 힘이 든다
좀 더 높이 올라가면 갈수록
더 비싼 대가를 지불해야 갈 수 있고
맨 꼭대기 층에 열린 문은
결국 죽음에 이르는 길
인간이 미련해서 끝까지 살지
신처럼 약으면 절대로 태어나지 않았을 걸
고생 다 해 인생 끝자락에 와 보면
고생 끝에 살고 난 느낌은
삶은 불꽃이고 욕망은 땔감이고
결론은 공수래공수거가 인생이 다 타고
사그라든 재 속에 사리로 남더라

2012. 9. 14.

# 행복한 하루

시간이 염주 알 굴러가듯ㅍ
흘러가 눈앞에 추석이 서 있네
매년 지내봐도 그 명절이 그 명절로
감흥 없이 밋밋하고
가는 세월에 주름살 하나 더 그어 주더라
그렇지만 하늘과 땅이 하는 일
내 힘으로 어쩔 수 없고
까투리 땅 뒤집어 먹이 찾아내듯
우리도 내 삶 속에 숨어 있는 행복 찾아내어
내 나름대로 즐기는 것이
현명한 일이 아니겠느냐?
세상은 언제
어느 때고 조건은 똑같다
내가 그 속에서 금을 캐느냐?
은을 캐느냐?
흙만 파느냐는 내 솜씨 탓
있는 솜씨 없는 솜씨
다 동원해 즐겁고 행복한 하루
어떤가?

2024. 9. 15.

# 한가위 풍경

날씨는 더워도 뒷산 언덕배기에 선 밤나무는
자기 소임 다 한다고 밤낮주야로 공장을 열심히 돌려
때가 되었다고 도깨비방망이 두드리듯
뚝딱 알밤을 만들어 아이들 구슬치기하듯
땅 위에 판을 깔아 놓고 잘 익어 윤기가 차르륵한 알밤들을
장기판 기물 놓듯 여기저기 흩어 놓고
복불복으로 먼저 본 사람이 임자라고 주워보니
토실토실한 것이 고물이 꽉 차 튼실하구나
담장에 기대어 서서 우여곡절을 넘긴
대추나무도 명절이라고 제사상에 놓아달라고
단맛을 꽉 채워 주인 손길을 기다리고 이른 추석 시간
맞춘다고 마라토너같이 얼마나 열심히 뛰었으면
대추 볼이 술에 취한 듯 뽁다거리하게 붉어져 가고
이른 추석이라도 제사상 차리기에는 문제없겠네
팔월 한가위 보름달 만월 채우려고
밤낮으로 열심히 노가다하는 걸 보니 애쓰는 마음이
가슴 아픈지 조금이나마 힘을 보태려 어제저녁에
반딧불이가 줄지어 반달 속으로 날아가는 걸 보니
하늘은 스스로 돕는 자를 돕는다는
말이 생각나고 내일모레 추석날 저녁에는
어영청 밝은 한가위 보름달을 볼 수 있겠네

2024. 9. 15.

# 농심과 멸구

모깃불을 피워 놓은 듯
담뱃불 빠끔거리듯
잘 익어가던 나락 논에
나락이 동그라미를 그리며
주저앉는다
하룻밤에 고손자까지 본다는
멸구가 나락 논에 들어앉으면
그 논에 천지개벽이 일어난 듯
재앙이 생겨 보기 싫은 꼴이 난다
버짐 번지듯 잔디밭에 불이 붙은 듯
하룻밤 자고 나면
발갛게 벼 말라 죽은 자리가 넓혀가고
넓어 가는 만큼
농심은 속이 타 말라간다
내일모레가 수확 철이다 싶어
며칠 더 참아 볼까
제까짓 것이 먹으면 얼마나 먹을까?
하며 똥배짱 부렸다가는
소 잃고 외양간 고치기다
어영부영 사람 마음 결정 못 해
이럴까? 저럴까?

망설이며 멈추어 있어도
멸구 피해 자리는
불붙은 것처럼 자꾸 번져 가고
길옆 남에 논이라도
마음이 쓰이고
도둑이 제 발 저린다고
얼른 나의 논으로 나아가
나락 한번 흔들어 보니
나방 메뚜기는 들어오지 말라고
훨훨 나르며 경고장을 날린다
할까 말까 망설이다
매도 먼저 맞는 것이 낫다고
걱정하고 지내는 것 보다
다리 뻗고 자는 것이 좋다 싶어
미루고 미루어 오던 일을
오늘은 큰마음 다 잡아 먹고
멸구 약 방제를 하네

2024. 9. 15.

# 의미 있는 하루

오늘도 아침 해는
대포알 날아가듯
동쪽에서 떠서 서쪽 하늘로
커다란 포물선을 그리며
떨어져 간다
시간은 햇살 자루를 부여잡고
곡예를 부리고
인간들은 시간을 부여잡고
재주를 부린다
하루해는 잘했다
잘못 했다 평가도 없이
무덤덤하게 지나가는데
인간은 온갖 감정에 살을 부쳐
오욕칠정으로 호들갑을 떨며
의미를 부여한다
백일홍은 같은 가지에서 피어나도
그 색깔 모양 다르듯
인간 머릿속 생각은 팔색조 같아
같은 시간을 같은 공간에서 살아도
천 가지 만 가지 색으로
하루 이야기를 꾸며 가고

사람들이 그려가는
인생 하루 꽃 이야기는
모두 다 이쁘다

2024. 9. 16.

# 추석 차례상

가을 햇볕에 잘 익은 콩깍지 튀듯
세월은 껍질을 벗고
한가위 추석이 오늘이네
정성껏 준비한 제물을 차례상에 차려놓고
평소에는 못 보던 얼굴
마주 대하며 안부를 나누네
함께 켰던 핏줄에 잔정이 남아
그 애틋함이 걱정으로 남아 서로를 챙긴다
어린 시절 밤톨같이 땡글땡글하던 얼굴이
홍수 나 흙 쓸려나간 밭고랑
골골이 줄이 생기듯
어린 동안 얼굴은 간 곳 모르고
세월과 바꾸어 먹은 노인 얼굴에
잔주름으로 삶에 힘든 골 패고
소먹이는 건초 말려 놓은 듯
듬성듬성한 머리카락은
세월이 뭉개고 간 흔적이고
힘든 망경장파 거센 물결 버텨내고
살아온 세월이 장하구나
시차를 두고 세상 구경 나왔듯
시차를 두고 먼저 온 사람 먼저 떠나가고

뒷 물결 밀려오듯 새사람이 차례상 앞에 서니
시간에 흐름을 알겠네
다음번 명절 차례상에는
누가 가고 누가 올지는
시간만이 알고 있는 비밀이네

2024. 9. 17.

# 날씨가 수상하다

비정상이 정상을 이기는 세상
무엇이 옳고 무엇이 그런지 모를 세상
오랜 세월 동안
이 세상을 지켜오던 원칙이 무너지고
옳고 틀린 것도 없어진 세상을 살다 보면
경험치에 기준을 정해 어느 정도
앞날을 예측할 수 있는데
오늘 날씨는 꿈속 이야기보다 더
황당한 날씨 9월 17일 체감온도가 38도이고
실제 온도가 35도다 뭐가 잘못되어도
한참 잘못된 것 같네
흙탕물 속에 그 무엇이 들어 있는지
안개 짙은 산속에 무엇이
웅크리고 앉아 있는지 모르듯
뒤죽박죽인 세상사 하나도 모르겠네
혼란스러운 세상 조만간 천지개벽이 일어나
새로운 질서가 세상을 바꾸려나
날씨는 폭염 주의보라고 시도 때도 없이
방송하고 상상도 못 해본 여름같이
더운 날씨에 올 한가위 추석 명절은
이 세상에 살고 있는 사람들이

처음으로 겪어보는 난리이고
앞으로 다가올
험난한 세상 이야기 알기라도 한 듯
나무 그늘에서 우는 매미 소리는 구슬프고
헐떡이는 마당 개의 숨소리가
미래의 내 숨소리같이 고달프게 들린다

2024. 9. 17.

# 현자를 기다리며

여명은 약속 시간 늦은 듯이
헐레벌떡 뛰어오고
아침햇살은 아기가 엄마 품 찾아들 듯
반갑게 찾아들고
지붕 위에 참새 다섯 마리 나란히 앉아
아침햇살에 일광욕을 즐기며
오순도순 웃으면서 농담도 주고받으며
삶에 여유를 즐기는 모습이 부러운지
전깃줄에 홀로 앉은 비둘기는
곁눈질로 바라보고
애써 누굴 기다리는 척
시계를 자주 들여다보네
문명에 편리함이 더해지고
돈이 세상을 좌지우지하다 보니
돈에 힘이 얼마나 센지
수천 년 내공을 쌓아 온
인간의 덕목을 넘어서고
편리함에 중독된 인간은
아무런 생각도 없고
단맛에 중독된 개미는 죽기 살기로
진딧물 업고 다니고

인간들도 그저 한 마리 돈벌레 불나방이 되어
앞뒤 생각 없이 돈 꽁무니 쇠맛만 쫓아가고
오늘보다 더 나은 내일을 위해 살고
인간들이 더 좋은 사회를 만들기 위해
타인을 위해 봉사하는 마음은
나무 벌레 좀 먹듯 이기심이 깔아 먹어
세상은 이해타산 관계에 따라
도리도 덕목도 변절되고
금전의 탐욕이 바른 마음을 꼬부라지게 한다
오염된 인간 마음
대청소로 싹 쓸어내고
진정한 사람다운 세상 열어 줄 귀인은
언제 어느 구름 타고 오시려나
그날이 기다려지네

2024. 9. 18.

# 계절의 역주행

취기가 오르듯
가을 기운은 작은 느낌으로 오는 듯싶은데
아직은 확실한 믿음을 못 주고
그래서 그런지
한 달은 밤낮으로 공들여 기도해도
와야 할 가을의 시간은 안 오고
추석 지난 날씨는 한여름 매미 소리만 들려주니
귀뚜라미가 기가 차서 어리둥절해
가을 노래를 불렀다 그치기를 반복하고
어쩌다 부는 바람을 붙들고
세상에 뭔 일이 있는지를 물어본다
땅에서는 계절을 잃어버린 황당한 일이 벌어져
뒤죽박죽 혼돈의 시간이 연속인데
책임 있는 태양은 푸른 하늘 강에
비눗방울을 불어놓은 듯
흰 구름을 띄워놓고 낮술 한 잔에
뱃놀이를 즐기는 것인지
땅의 물음에는 묵묵부답일세
오늘도 진시황같이 권력을 자랑할는지
구름을 비켜선 햇살이 뜨겁다

2024. 9. 19.

# 욕심이 부르는 노래

태풍이 뒤풀이 잔치로
메마른 땅이
메기 하품하며 좋아할 만큼
많은 비가 내리고
잘 익은 볏논에
물꼬가 찰랑찰랑 넘치고
미꾸라지 피라미들이
장대높이뛰기 하듯
오르락내리락하고
물 고랑에 빗물이 많이 흘러가
붕어, 잉어들 배 띄워 놓고
뱃놀이 즐겨도 되겠네
삶은 오늘도 내게 욕심이란
덫을 놓고 강태공처럼
관심 없는 듯 관심 있게 지켜보고
욕심이 뿌려 놓은 미끼를
이게 웬 떡이냐 하고
덥석 물고 보는
탐욕의 올가미에 걸려들어
오늘도 꼼짝없이
고된 노동가를 부른다

2024. 9. 20.

# 행복 하나 그려보게

비가 온다 패널 지붕 위에 글씨를 써 내려가듯
또박또박 내린다 계절을 잊고 있는 듯
머무는 늦더위를 빗자루로 쓸어내듯 꼼꼼히 내린다
한더위 끝에 내리는 가을을 재촉하는 비는
나이 든 나뭇잎도 좋아라 박수 치고
어린 새 꽃잎도 좋아라 생긋 웃는다
물이 부족해 밤낮으로 알곡 못 채워
근심하던 자갈밭 콩대도 얼씨구나 좋다고 너울춤을 추고
9월의 가을비는 축제 분위기네
비가 와서 일 안 나가는 참새도
끌어안고 늦잠을 자는지 아무런 소리도 없고
비둘기 날갯짓에 바람 물결 소리도 안 들리는 걸 보니
모처럼 내리는 가을비는 모두의 오감을 만족하게 해주나 보다
더워서 못 가고 바빠서 못 가고
오늘은 다방 커피 한잔하러 가
밀린 빨래하듯 그동안 궁금한 동네 사람들이
살아가는 소문 이야기 들으러 한번 가 봐야겠다고 하고
혼잣말로 중얼거리니 비 피해 나뭇잎 밑에
숨어 있던 청개구리 한 마리
나도 커피 한 잔 먹을 줄 안다고
같이 가자고 손잡고 나서네

2024. 9. 20.

# 가을비 내리는 날

오늘 아침 해는 광땡이 잡았다고
그 기세 대단하고 수탉은 절기상 가을인데도
오늘도 덥다고 일사병 조심하라고 방송한다
모두 바람대로 어느 순간 실바람에 실려
산을 넘어 구름이 한 보따리 두 보따리
모여들어 주물탕 주물탕 뭉치더니
커피 색깔만큼 짙어진 구름은
커피잔에 커피 따르듯 빗줄기를 시원하게 부어대고
물 고인 마당에 물방울은 뻥튀기 찍어내듯 생겨나
흐르는 빗물을 타고 가을 여행을 떠나고
모처럼 내리는 단비에 붉게 핀
장미 꽃잎은 너의 입술같이 이쁘다
때 늦은 더위 때문에 짜증이 났는데
비가 오니 기분 전환도 되고 시원해서 나도 좋네
창가에 앉아서 커피 한잔하며
비 내리는 풍경을 감상하니
빗줄기가 그리는 그림은
오만가지 군상들에 모습이 그려지고
그 속에는 행복에 미소도 있다네
그대도 오늘은 멋진 행복 하나 그려보게

2024. 9. 20.

# 몰래 하는 사랑

바라고 기다리던 비
오랜 더운 날씨에 참 많이 기다렸다
가을비야!
그래서 더 반갑구나
계절에 색깔이 짙어가면 옷 갈아입듯
마음속에 저장된 이 생각 저 생각을 꺼내
즐겨 보면 인생은 철이 들어
삶은 깊은 맛을 우려낸다
사색하기 딱 좋은 계절
그래서 가을비 오는 날이 좋다
물기운이 구름에서 만나
뜻이 통하는 인연을 만들어 빗방울로 맺어져
땅 여행길로 나서고 빗줄기는 신명 나게
노래를 부르듯 춤을 추듯 내리고
비가 와서 일 못 가는 참새는
내가 방안에서 뭘 하는지 궁금한지
창 안을 들여다보고
수다쟁이 아지매 같이 쫑알쫑알거리며
궁금증을 물어온다
빗방울이 땅을 부딪쳐 튀어 오르는
그 눅눅함이 촉촉이 마음을 적셔오면

멍때리고 있는 생각에
찾아드는 안성맞춤
이런 날 분위기에 딱 어울리는 생각은
몰래 한 그 사랑에 이야기
그리움을 꺼내보기 딱 좋은 날
마음 어느 한구석에 꽁꽁 숨겨둔
아무도 모르는 사랑을
아이들 숨겨둔 막대사탕 꺼내 먹듯
커피 한 잔으로 천천히 녹여 가면
바위에 맺힌 물방울 떨어지듯
달달한 행복에 꿀방울이 뚝뚝 떨어진다
손가락에 낀 약속에 금가락지
목에 두른 자랑거리 금목걸이
팔에 채워둔 사랑에 구속 팔찌
반짝임보다
더 진짜배기 마음에 둔 사랑 이야기는
어느 날 문득 까닭 없이 찾아드는
외로움이 고독을 흔들어 댈 때
좋은 약이 되어 삶을 살아가는
힘이 된다

2024. 9. 21.

# 청춘과 사랑 그리고 행복

사채업자같이 모질게 쨍쨍 조여 부치던
뜨거운 여름 태양도 고픈 배 다 채웠는지
한 발자국 뒤로 물러나고
조금 시원해진 공기에
나이 든 나뭇잎은 생각이 깊어지고
눈치 빠른 들녘에 나락잎은
이삭과 함께 생사라도 함께할는지
누렇게 물들어 가고
가을을 열심히 추수하는 메뚜기
피곤한 몸 하루쯤 쉬어가라고
가을비는 연인들이 이야기하는 것처럼
강약을 조절해 내렸다 그치기를 반복하고
집도 절도 없는지
가난한 참새 두 연인이 비를 피해 처마 밑에서
무슨 재미난 간밤에 꾼 꿈 이야기라도 하는지
즐겁게 쫑알쫑알거린다
아무것도 없어도
청춘과 사랑만 있으면
맨 몸뚱어리만 가지고 있어도
행복한가 보다

2024. 9. 21.

# 힘내라

늦더위에 목이 타
갈증으로 허덕이던 산천도
이틀 밤낮으로 지긋이 내린 비 고마움에
빈 곳간을 꽉 채우고 나서
빗물을 천천히 내어놓아
말랐던 개울에 시냇물 흐르는 소리가
지저귀며 노래하는 새소리같이
기분 좋은 소리로 흐르고
살이 오른 가을 피라미 미꾸라지는
물결을 거슬러 고향으로 돌아온다
원 없이 내린 가을비 덕분에
기운을 차린 호박이 혼신의 힘을 다해
꽃봉오리 뽑아 올려
늦둥이 꽃을 피워
삶에 의지를 표현하고
구름 속에서 응원에 손뼉을 치며
햇살이 나타난다
아침햇살은 호박꽃을 응원하고
나는 너의 삶을 응원한다
힘내라

2024. 9. 22.

# 홀로 된 사랑앓이

흙 담벼락 긴긴 장마철
눅눅한 습기에
소리 없이 야금야금 무너지듯
너를 향한 그리움이
모판에 볍씨 뿌리듯
촘촘히 뿌려오면
너를 보고 파하는 마음이
발광한다
커다란 비닐봉지 꽉 채운 물처럼
더 담을 수 없어 넘치던지
가시 바늘에 조금만 찔려도
금방이라도 찢어져 샐 듯이
진심으로 마음이 아파서
우는 울음이 쏟아질 것 같다
구름이 모여들어 빗방울이 되듯
그리움에 슬픔이 모여들어
눈물이 되는구나
홀로 된 사랑은
눈물로 쓰는 편지같이
심장을 쿡쿡 찌르는 아픔이 묻어나고
보고 싶음은 송곳이 되어

가슴을 후벼판다
찌든 옷 물에 헹구고 헹구어도
땟물 우러나듯
장아찌 간 배듯
너의 사랑으로 짠 물이 푹 밴
내 마음 이제는 어떻게 하니
로댕의 조각상처럼 수없이 생각을 해봐도
답 없는 문제가 여기에 있음을 몰랐네
사랑에 중독은 마약에 중독보다 더 강해
잊으려 해도 지우려고 해도
올가미처럼 발버둥 칠수록 더 조여 오고
물에 빠져 숨 헐떡이듯
사랑에 빠져 삶을 헐떡인다

2024. 9. 22.

# 탐욕에 휘둘린 나

고무풍선을 불 듯
매일 좋은 기분과 생각이
행복인 줄 알고
삶을 뻥튀기해 왔다
어제보다 오늘은 조금 더
풍선을 많이 불어야
행복과 만족이 충만한데
오늘 더 불면 풍선이 터질 것 같아
못 불고 있으니
몸과 마음이 위축되어
나 홀로 독에 갇힌 듯 우울하다
세상에는 밤과 낮이 있고
파도도 높고 낮음이 있고
바닷물도 밀물과 썰물이 있듯
음과 양이 조화를 이루어야
세상을 유지할 수 있는데
이 뻔한 이치를 알면서도 고양이
생선 탐하듯 매일매일
욕심 그릇 키워 꽉꽉 채워 달라고 하니
많이 먹어 배가 터져 죽는
진드기 심보가 탐욕 아니더냐?

사람 인생도 고조 된 날
저조 된 날이 있어야
정상적인 삶이 되는 것이
정한 이치인데
욕심은 만족을 모르고
늘 좋은 것만 가지려 하고
오늘 욕심 다 채워줘도
내일은 오늘보다 더 큰 자루를 갖다 대며
채워주길 바라고 있다
새까만 커피잔 속에
무엇이 들어있는지 몰라도
보이지도 만져지지도 않는
내 마음속은
무엇이 들어있는지 알겠네
마음속에 일어나는 이기심에 욕망이
바둑돌 옮겨놓듯
이랬다저랬다
변덕을 부리며
울었다 웃었다
연극을 하네

2024. 9. 23.

# 좋아 죽겠네

이슬비 강 건너가듯
안개비 산에 올라가듯
봄 햇살 자갈밭 길 소리 없이 걸어가듯
풀 뜯던 소여물 치듯
평화로운 너를 만난 하루는
소리 소문 없이 흘러가고
시간은 아는 듯 모르는 듯
청사초롱 세월에 이야기를
재미나게 엮어가고 있다
꽃향기가 벌 나비 불러내듯
암탉 소리에 이웃집 수탉
득달같이 달려오듯
보고 싶음이 부르는 그리움에 노래는
폭죽이 타오르듯
화려한 불꽃으로 내 마음을 태우고
너를 만나 즐거워하는 하루는
게 눈 감추듯
순식간에 지나가고
어제 만나 만리장성보다
더 긴 사랑 이야기로
너에 정 나의 정으로 사랑탑을

100층도 더 높게 쌓아 올리며
즐기던 하루는
온데간데없이
한순간에 후다닥 달아나고
너 없이 혼자 지내는 짧은 이 밤 시간은
3년 세월보다 더 길게 느껴진다오
사랑 사랑은 본드 풀같이
시간과 공간을 빈틈없이 메꾸어
백지처럼 깔끔한 너의 마음 나의 마음을
한마음으로 만들어 주고
비단결보다 더 고운 행복을 선물해
기분은 천 년 묵은 이무기가
용이 되어 승천하듯
하늘로 기어오른다
사랑 사랑 내 사랑아
오늘도 내 사랑에 취하고
행복에 취해
좋아 죽겠네

2024. 9. 24.

# 무단횡단

푸른 하늘 목장에
하얀 양 떼를 몰고 가는 듯한
흰 구름 등을 두드리며
가을 햇살은 부드럽게
천지를 비추고
밤이슬이 놀다 간 꽃잎은
촉촉이 젖은 입술로
아침 인사를 건네 온다
먹이 찾아가는 비둘기 날갯짓처럼
날쌔게 오고 가는 차들이
출근길 서둘고
바쁘게 움직이는 세상사에
오일장에 나온
닭처럼 어리둥절하다
나도 모난 돌이 안 되려고
오늘 내가 가야 할 곳으로
찾아 길을 나서고
무단 횡단 길 건너가는
할매 발걸음이 바쁘다
오고 감이 멈추어 선 차 깜박이등은
놀라 두 눈을 멀뚱거린다

책가방을 울러메고
갓길을 줄지어 등교하는
오누이 초등학생 발걸음이
돋보이는 아침 풍경이네

2024. 9. 24.

# 흉년의 그림자

안개비는 이른 아침에
활짝 핀 호박꽃을 찾아
이쁘다고 한눈을 팔다
등 떠미는 햇살에 밀려간다
또 하루가 시작되었다고
군기 반장 수탉은 소리 높여
힘차게 살아가자고 구호를 외치고
늘 사는 것이 고만고만한
평범한 참새는 시냇물에
모래알 굴러가듯
부드러운 목소리로 속닥거린다
아침저녁으로 가을 티가 완연한
시원한 가을바람에
계절을 잊은 늦더위 때문에
정신을 못 차린 들국화는
이제야 정신이 드는지
늦더위로 준비 못 한
꽃망울을 준비하느라
밤낮을 모르고 길고 긴 폭염에
창궐해 판치는 해충 때문에
만물은 위축되고

흉년에 그림자는 짙어진다
찰랑찰랑 쌀 이는 소리가
나야 할 수확 철 벼 논에는
멸구로 원자 폭탄을 맞은 듯
군데군데 움푹움푹 패여
전쟁터 폐허 같고
피해 덜 입은 논 쳐다보고
피해 본 자기 논 쳐다보고
눈물 고인 늙은 농부 한숨 소리는
휘파람 소리를 내고
가슴 답답해 내 품는
흰 담배 연기는 뜬구름이 되어
하늘로 날아간다

2024. 9. 25.

# 알밤 반쪽

바람에 밀가루 흩날리듯
태양은 황금 가루 아침 햇살을 흩날리고
이별에 연인처럼
헤어지기 싫은 강 안개는
산허리를 끊어질 듯
힘차게 끌어안는다
어디서 나타난 구름인지 몰라도
떼강도 싹쓸이 도둑질하듯
하늘에서 먼저 농구공 가로채듯
햇살을 낚아채 가고
도리에 없는 짓을 한다
양반 참새가 공자 왈 맹자 왈
들먹이며 훈장같이 점잖게 훈계해 보지만
돌상놈인지 구름은 귀를 막고 있는지
들은 체도 안 한다
이른 아침햇살에 반짝이던 이슬을
노리개처럼 가지고 놀던 벼 이삭은
소중한 보석이라도 빼앗길까 봐
숨은 듯이 꼼짝도 안 하고
행여나 메뚜기라도 뛰면
깜짝 놀라 몸부림을 떠네

오늘도 시원한 가을이다
살이 쪄 오동통한 알밤이
내 발 앞에 굴러 떨어지면
이 또한 행운 아닌가?
오늘 내가 줍는 알밤 반쪽은 너 줄게
기분 좋은 하루 되어라

2024. 9. 26.

# 삶의 정석

암탉알 품어 병아리 깨우듯
시간은 어둠을 품어
낮을 깨운다
사람도 잠으로 오늘을 품어
내일을 깨운다
마음은 의욕에 씨앗을 키워
삶의 욕구를 실현하고
삶의 욕구는
인생을 이끌어 가는 수레다
너무 많이 실으면 무거워서 못 가고
너무 적게 실어 빈 수레면
우울증으로 의욕이 없어
못 간다
세상은 시간의 추가 있어
밤낮 조절로 하루가 균형을 맞추고
인간은 생각의 추가 있어
댐 물 수위 조절하듯
욕심을 조절해 인생을 이끌어 간다
덜도 더도 아닌
삶의 간을 잘 맞추어야
싱겁지도 짜지도 맵지도 쓰지도 않는

약간 달달한 꿀맛의
인생이 된다
인생의 삶은 매일 매일
욕심과 외줄 타기 놀이
줄이 너무 팽팽하면
발바닥이 아파서 못 건너고
너무 느슨하면 출렁거려
못 건너가고
마음에 줄이 균형을 이루어
조임이 적당하면
신명 나게 잘 건너간다
오늘도 아침에 일어나
마음 줄 조임을 잘 살펴보고
하루를 시작해 볼까 하네

2024. 9. 27.

# 삶의 방정식

새벽을 꽉 채웠던 안개는
아침햇살과 한 올 한 올 짝을 지어
하늘로 날아가고
시간은 오늘도 가을 계절을
낚아 올린다
산비둘기는 다가올 겨울 살림살이 준비로
이른 아침부터
열심히 콩밭에 갔다가
나락 논을 오고 가며
일하기 싫은 한량 다방 드나들 듯
부지런히 오고 가며 곳간을 채워 가고
양반네 곁 불 쬐듯
닭들 눈치 봐가며
닭 모이 한 입 얻어먹던 참새도
눈치 안 보고
맛있는 가을 알곡 찾으러
풀밭에 나아가
맛있는 풀씨를 열심히 훑고 있네
모두 다 먹고살기 위해
아등바등 시간과 노력을 투자하는데
우리 집 수탉 놈은

높은 횃대에 올라앉아
암탉들을 불러 놓고
자기들 팔자가 최고라고
으스댄다
우리 집 주인 집사가
때가 되면 먹을 것 챙겨주고
마당 개는 우리 안전 지켜주고
노동 없이 놀고먹는
닭 팔자가 상팔자라고
자랑질이 한창인데
가만히 듣고 보니
그 말도 참말인 듯싶기도 하고
아닌 듯싶기도 하고
삶은 생각만큼 단순한 계산법이 아니고
이래저래 복잡한
삼차원 방정식인 것 같다

2024. 9. 27.

# 저축 통장

이른 아침부터 가을 햇살은
의욕에 가득 차 눈빛이 반짝거리고
시간에 맞추어 산하에 흩어진 덜 찬 알곡 채우고
채운 알곡 수확하느라고
소금 강산에서 노가다꾼 돗내기 소금을 캐듯
땀이 나도록 열을 올리고
햇살 채찍에 갈 길 바쁜 메뚜기도
이슬 젖은 벼 잎 위를 동서남북으로 뛰어다니고
참새야 안녕 하고 아침 인사를 건네도
들은 체 만 체 돈 벌려 간다고 달아난다
밤나무 아래 다람쥐는 알밤 주워
돈 번다고 벌써 알밤을 볼이 터지도록 물고 서 있어
수고한다고 인사를 건네도
대답은 못 하고 고개만 까닥까닥거리네
삶은 먹어야 살기에 모두 다 먹고 살 거라고
자기 몫 챙기기에 시간이 바쁘구나
시간이 욕심을 채워주니
일이 힘들어도 목구멍이 포도청이라 포기는 못 하고
사발 깨지는 군소리 해가며 고된 시간을 돈의 꿀맛에 녹아
열심히 일하는 걸 보니 돈이 좋긴 좋구나
돈 벌 때 일할 때는 사막에서
모래를 퍼 담듯 힘들고

금광에서 금을 캐듯 힘 드는데
돈을 쓸 때는 모래사장에 물 새듯
허드렛물 쓰듯 훌훌 써버리니
저축 통장은 그저 대합실같이
돈들이 오고 가는 약속의 장소일 뿐
부의 주머니는 아니더라
통장에 돈은 알게 들어오는데
쓰이는 곳은 하도 많아 기억도 못 하는데
거름 기운 땅에 스며들 듯
재물 기운이 삶 속에 피가 되고 살이 되어
인생을 살아가는 원동력이 되겠지만
허수아비 같은 통장 얼굴 보면
알토란 같은 수입 숫자는 그림자만 남고
지출 숫자는 짝사랑하던 님
시집가듯 얄밉게 들락거린
흔적만 남기고
그렇게 애걸복걸 매달렸던 돈은
매정히 떠나가고 삶에 고생만
저축된 빈 통장만 남고 에헤라 틀렸구나
오늘은 너랑 나랑 소주 한 잔으로
한 오백 년 타령이나 찾아보세

2024. 9. 28.

# 가난이 무서워

이상기후 때문인지
온난화 때문인지 몰라도
올해 구월은 늦더위가 다 베어 먹고
폭염 이겨내느라 체력이 바닥 난
동물·식물 들은
조금 시원해진 요즈음 날씨에
정신을 차리고 삶을 뒤돌아보니
해야 할 일들이 많이 빠졌구나
버스 지난 뒤 손들기로
알곡 만들 시간이 부족하고
에너지도 부족하고
우선 급한 대로 겉껍질은 만들어
순차적으로 가을 알곡을 퍼 담아 보지만
시간 부족 재료 부족으로
알곡 다 못 채우고
껍질만 번듯하게 도배하고
배고픈 양반 찬물 마시고 트림하듯
체면치레해 보지만
속이 텅 빈 쭉정이로
날림공사는 들통이 나고
올해 가을 추수는

가난한 양반 살림살이같이 실속이 없네
참새는 벌써 먹을 것 걱정에
정부 구호 대책 운운하고
수탉은 이대로 못 산다고
고함치며 농성하는데
시끄러워 신경 쓰이네
가난에 그림자는 밤 그늘보다 더 어두워
살아가기는 쥐구멍에 볕 들 날만큼 어렵네
가난에 절인 마음은 모깃소리만큼
작은 용기뿐이고
살얼음판을 걷듯 불안하다
가난한 삶은 오르막을 오르듯
숨이 차 고민이 차 헉헉거린다
가난 흉년 배고픔에 고난은
생각하기조차 싫은 단어들이다
가난은 자석처럼
이런 단어들을 끌어당긴다
살림살이가 안 어려워지게
오늘도 정신 바짝 차리고
열심히 일해야 하겠네

2024. 9. 29.

# 숙 명

화물선은 바다를 가르고
파도를 넘어서 온다
아침 태양은 시간을 가르고
구름을 타고 넘어온다
햇살은 시간 위에 파도처럼
밀려오고
밀려가고
나는 오늘도
햇살이 출렁이는 시간 위에
조각배를 띄워놓고
낚시한다
고된 삶이 낚싯줄을 물고 당길지
즐거움이 가득한 행복에
물고기가 물고 당길지
다가올 앞날은 아무것도 모르겠고
고된 삶 대신 편안한 삶을 원해 보지만
현실에 그릇은 욕심보다 작아
마음에 만족을 담기에는
늘 부족하고 그 부족함은
욕구 불만으로 갈증을 부른다
인간은 언제나 어디서나

오욕칠정이 부리는
마술 그물에 걸려들어
매일 허둥지둥
찐빵에 팥앙금 빠지듯
진심은 빼두고 허수아비처럼
실속 없이 살아간다
운 좋게 그물을 빠져나간
미꾸라지처럼
오늘은 진심으로
마음이 권하는 일 하고
마음이 머물고 싶어 하는 곳에서
머물고 싶다
이것 또한 마음이 원하는
욕심에 희망 사항이겠지
현실의 만족은
마음에 욕심을
못 이기는 것은
인간이 타고난 숙명인가 보다

2024. 9. 30.

# 사람 마음

아침 커피 한 잔으로
시간에 공간을 메우고 있다
시간이 한참 지나가도
일하러 갈 생각 안 하니
답답한 참새가
오늘 할 일을 들고 와
노래하듯 들먹이고
빨리 일하러 가자고 야단을 친다
그래 개 설치는 꼬라지 보기 싫어
문어 산다고
참새 잔소리 듣기 싫어 일 간다
인간의 삶은 숨만 쉬어도
욕망이 생기고
그렇다고 아무것도 안 하고 살면
심심해서 우울증이 생기고
차라리 병 생기는 것보다
고되고 힘들어도
꿩 대신 닭이라고
차라리 노동이 낫겠지
최상이 아니면 차선책이라도 해야지
최악은 싫어라

인생의 삶은 적당하기가 참 좋은데
적당히 중용에 도는
도인만 가질 수 있는 물건인지
어쩌다 가져 봐도
놀음판 밑천인지 금세 잃어버리고
인간의 마음은 저울 눈금처럼
언제나 무게를 나타낸다.

2024. 9. 30.

# 알 밤

시월에 가을 햇살은 시간을 둘러메고
들길을 달려간다
가을 햇살이 지나간 자리는
햇살에 물들어 나락은 노란색으로 변해가고
그 모습에 깜짝 놀란 참새가
세월의 빠름에 놀라고
나이 들어 노쇠해진 몸 상태에
다시 한번 더 놀라는구나
지독히도 무덥던 여름날이
계절을 잊은 채
구월까지 더워서 이러다가
세상에 종말을 몰고 올 듯한 망나니 햇살도
시월로 들어서니 철이 들었는지
길든 농우 소같이
고분고분해지고 산꼭대기부터
철 늦은 단풍이 이슬비에 젖어 들 듯
아는 둥 모르는 둥 큰 산을
산그늘 따라 내려오고 있다
나도 시원한 날씨에 가을꽃 향기가
벌, 나비를 부르는 산길을 따라
알밤이라도 주우러 뒷산 밭

밤나무 아래로 가야겠네
뒷산에 살고 있는 터줏대감 다람쥐도
옆 산에 살고 있는 청설모도
제 몫 다 챙겨가고
주인 몫은 남겨 두었겠지

2024. 10. 1.

# 가을 추위

이상기후로 올여름은 너무 덥고 길었다
초가을 절기를 무시하고
여름이 머물다 가고
초가을 준비 없이 한가을로 들어서니
살기 좋은 시간 가벼운 공기에
신선하고 따뜻한 가을 햇살이 왔다고
느끼기도 전에
밤을 지새운 찬 기운은
여인처럼 출근길 나서는
내 몸으로 파고들어
온기를 나누어 가지자고 하고
나이 들어서 그런지
날씨의 변덕 때문인지
아침저녁 찬 기운에 추위를 느낀다
지붕 끝에 참새들이
나란히 줄지어 햇볕을 쬐고
더워서 햇빛 피해 숨던 일이 어제 같은데
시월로 들어서니
변심한 애인처럼
더웠던 여름 날씨는 어디 가고
싸늘한 찬 기운에 몸이 움츠려진다

늙은이 이 빠지듯
들판에 논배미는 콤바인이
한 동가리 두 동가리 싹둑싹둑 베어 먹고
타작마당에 빠진 알곡이 있나 하고
동네 산비둘기 다 모여 잔치하고
이렇게 조금씩 조금씩 가을은
깊어져 가는 소리를 낸다.

2024. 10. 2.

# 여섯 살 손자

여행을 간다
가을 여행을 간다
날씨가 시원해서 참 좋다
말하니
옆에 앉은 손자가 말한다
더운 여름에는 땀이 나서 좋다 란다
그 이유를 물으니
눈물을 흘려도 땀 닦는 것처럼
닦을 수 있어 좋단다
자기도 그렇게 흘린 눈물을
닦은 적이 있단다
여섯 살짜리 꼬마의 표현에
깜짝 놀랐네
자기 다름대로 약점을 감추는
기술에 감탄한다
새싹 자람이 어제 다르고
오늘 다르듯
어린아이들 자라남도
그렇구나

2024. 10. 2.

# 호박전

씨앗도 크더니
나물 날잎 떡잎부터 다르다고
태생부터 튼튼하고 컸다
호박 줄기는 부두에 정박하는
배 묶어두는 밧줄처럼
크고 튼튼했다
그래서 마디마디마다 꽃을 피우고
길 따라 쌓아놓은 담장을 올라타
지붕에 올라 넓은 세상
구경도 하며 밤낮으로 열심히 일해
줄줄이 오 형제를 키웠구나
부모 자식 키우듯 애지중지 키워
연잎같이 커다란 잎이 여름 땡볕에
익을까 봐 가리고
천둥·번개 소낙비 쏟아질 때
놀랄까 봐 가리고
팔월 한가위 보름달이 푸른 밤하늘에
두둥실 떠오르며
장군 받으라 하고
실속이 꽉 찬 보름달로 한 수 놓으면
할아버지 갓보다 더 큰 햇살

빛깔을 닮은 호박이
나 여기 있소 하고
엉덩이를 쑥 내밀며
멍군아 하고 응수한다
가을 정취에 운치를 더하는
잘 익은 호박은 짙은 주황색
우의 같이 선명한 색깔에
당분이 많아 축적되어
새색시 화장한 듯
하얀 분가루가 뽀시시하게 피었구나
몇 날 며칠을 뜸 들이다가
아들딸 손녀 손자 온다는 핑계로
호박을 따서 들어보니
속이 꽉 차 바위를 든 듯
묵직하구나
집에서 제일 큰 칼을 찾아내어
야무진 맷돌 호박을 자르기가
장난이 아니네
흥부네 박타령 부를 때
힘쓰듯 할매 할배 합심하여
우여곡절 끝에 잘라보니

너무나도 튼실하게 잘 익어
꽃잎보다 더 고운 주황 색깔이 싱싱한
속살을 드러내니
감탄사가 연발이고
숟가락으로 속살을 살살 파내어
밀가루에 버무려 호박전
부쳐 먹으니 할매 할배 딸 손자사위까지
따끈따끈한 호박전 한 접시는 게 눈 감추듯
사라지고 달고 고소한 그 맛은
식탐을 총질하고
프라이팬에 호박전 뒤집는 소리에
손자 할배 침 넘어가는 소리가
목탁을 치네

2024. 10. 2.

# 잊혀진다는 것

구름 짙은 가을날
아침 풀잎에 이슬도 없다
몉구를 먹은 듯
움푹 패인 추수 끝난 논배미는
사막에 선 듯 황량하고
꼼바인이 추수하다
흘린 알곡 주워가겠다고
참새 까치 비둘기가
아침부터 꼼꼼히
곡식을 알뜰살뜰 거두어들이고
단풍을 재촉하는 비가 올는지
아침 공기가 무겁다
가을바람이 수탉 꼬리를 흔들어 대니
중늙은이 추워서 옷 하나 더 걸쳐 입는다
무더운 여름날이 참 지겹더니
벌써 가을이 가기도 전에
겨울 찬바람 맛보기에
전기장판 신세져야
편안한 잠자리가 되는 시간이 다가왔으니
시간에 흐름은 한순간이고
이 한 해가 가면 내 나이가 몇이지 하고

나이 숫자 헤아려보니
내 나이에 내가 깜짝 놀란다
하루는 긴 세월 같지만
나이 먹은 인생 계산해 보니
인생은 한순간이고 찰나네
피는 꽃은 사람들 관심을 받지만
지는 꽃은 아무도 관심이 없다
청춘에서 멀어진 인생은
세상일 뒷전으로 밀리고
강하고 화려한 것들도
한때 전부인 양
주목을 받지만
강하고 화려한 것들도
얼음 녹듯 시간에 녹아
관심 없는 추하고 힘없는 것이 되어
화려했던 흔적을 천천히 지우며
홀로 쓸쓸히 반딧불 빛 깜박이다 사라지듯
아는 듯 모르는 듯 소멸되어 간다

2024. 10. 3.

# 가을을 탄다

아침 출근길 나서면
계절이 옷을 갈아입는다고
짙은 안개는 천지를 가리고
느긋한 햇살은 천천히
그릇에 물 채우듯
햇살을 채워 안개를 산 위로
밀어 올린다
찬 기운이 엷은 옷 빗방울 스며들 듯
찬 기운이 배어들고
배어든 찬 기운은 설탕을 녹이듯
가을에 외로움을 눈물 젖은 편지처럼
읽어간다
계절을 탄다
가을을 탄다
냇가에선 갈대꽃 바람 내음만 맡아도
이리저리 흔들리듯
가을 단풍잎만 보일락 말락 해도
마음이 촛불처럼 흔들린다
찬바람에 피는 가을꽃은
외로움의 꽃인가?
한 잎 두 잎 물들어 가는

단풍잎에 예쁨은 의욕을 포기한
만족의 표현인가?
하늘에 큰마음은 계절에 변화로
그 마음 표현하고
땅에 큰마음은
생로병사의 변화 된 모습으로
표현한다
인간의 감정에 변화는
기분에 느낌으로 표현된다
도깨비에게 홀린 듯
가을 기운에 홀려
기운이 축 처져 움츠린 멍한 오늘은
사람 사는 의욕이 풍랑에 파도치듯
생명력이 강하게 넘치는
오일장 구경 가서
삶에 의욕 에너지
흥정 잘해 좀 사 와야겠다

2024. 10. 4.

# 개구리 생각과 수탉의 노래

새벽별은 얼음을 씹어 먹은 듯
입술이 새파랗고
희멀건 그믐달은 잠이 오는지
실눈을 게슴츠레 뜨고
주변 눈치를 본다고 멀뚱거린다
발걸음 빠른 아침햇살에 꼬리가 잡혀
깜짝 놀라 그믐달 얼굴이 백지장처럼
하얗게 질렸네
그냥 아침 길 나서기에는
쌀랑한 날씨가 시간은 분명히 가을인데
기온은 초겨울 티를 낸다
나뭇잎이 욕심을 덜어내고
고운 단풍잎으로 한 세상 잘 살고 간다고
잔치 준비를 하고
나는 조금 더 두꺼운 옷을 찾아 입고
변신을 한다
이슬 젖은 풀숲이 차가운지
양지쪽 개구리는 두 눈을 꼭 감고 명상하는지
삶에 고뇌를 되씹는지
수학 공식 대입하듯
이것저것 끌어다 붙여본다

운명이 뭔지 삶이 뭔지를 되묻는
철학적 존재가치 숙제는
머리 큰 인간들에게 넘기고
당면한 문제는
지금 동안거에 들어갈까?
다음 달에 들어갈까?
고민 중이라네
천 년 묵은 물의 용트림 강 안개는
세상 앞일같이
천지간을 분별하기 힘들고
가을걷이한다고
새벽부터 나와 일하는
농부 머리카락이며
옷에는 속삭이듯
안개꽃이 피어있고
안개 속 가로등 깜박임은
꽃 그림인 양 이쁘다
수탉이 암탉을 부르는 노랫소리는
언제 들어도 맑고 경쾌하구나

2024. 10. 5.

# 가을 사랑

10월의 날씨는
푸른 하늘과
구름 한 올 없는
높은 하늘이 핵심인데
오늘 아침 날씨는
간수 뿌린 콩물
뭉글뭉글 어려 두부 되듯
하늘에 구름가루
모이고 다져져서
빗방울로 뭉쳐지고
올가을 단풍잎
곱게 물들여 볼까 싶은지
비가 오려나 보다
찬바람에 피는 꽃은
마음이 단단해져 피는 꽃이라
절개도 있고 고집이 있어
그 색깔 선명하고 찐하다
비가 올 시간이 임박했는지
공기 흐름도 숨을 멈추었는지
세상 움직임은 미동도 없고
하늘에 그림을 그리는

붓 한 자루 같은
새 한 마리 날지도 않고
수다 못 떨어
입이 간지러워 못 참는
참새 소리마저 없는 아침에
마당 개는 헛것을 보았는지
욕구 불만이 많은지
띄엄띄엄 짖어대며
주인 관심 불러대고
이 기세에 질세라
알 낳았다고 알리는 암탉 목소리는
쟁반 위에 옥구슬이 구르듯 낭랑하고
주인 사랑이 그리워 부르는 노래는
무심한 돌덩이 마음도 녹일 만큼
애교가 있구나

2024. 10. 6.

# 평정심

지나간 일순간 착각이 벌린
안일한 생각과 행동이
낚싯바늘이 되어 내 코를 내가 낀다
잘못되어 이렇게 되고 보니
그때는 왜 그랬을까?
후회한다
어떻게 하면 한 수 무를 수 있을까?
인생은 일수불퇴라는데
이 궁리 저 궁리를 해 보지만
엎질러진 물 도로 주워 담을 수 없듯
없던 일로 되돌릴 수도 없다
이 시련도 운명에 멍에도
나의 사주팔자라고 인정하고
편하게 받아들이라고
참새가 조언한다
그 조언은 소 귀에 경 읽기고
손바닥을 뒤집듯
쉽게 뒤집을 수 없을까?
헛된 궁리는
고무풍선 부풀어 오르듯
온종일 생각으로 메우고

해가 질만큼 고민하다가
막대한 손실을 인정하고
현실의 답에 굴복하고
양반 상투 자르듯
체면이고 자존심이고
살점이 떨어져 가는 듯한
아픔이 쏟아지는 마음으로
울고불고 난리를 치며
분노의 후회를
눈발 날리듯 쏟아봐도
장마철 홍수처럼 밀려오는 대세는
한계를 넘어서고
강나루 땅버들 홍수 흙탕물 속에
잠겼다 올라왔다 하듯
내 처지가 그 꼴이네
극심한 감정의 변화 속에
평정심을 지키려고
노력한다

2024. 10. 6.

# 제일 행복한 사람

하루를 시작하는 아침햇살은
커피잔에 뜨거운 물 따르듯
햇살로 공간을 채워가고
실안개는 돗자리 깔 듯
땅바닥에 깔리고
찬바람이 강아지를 몰고 오듯
가을은 바람 따라
쫄랑쫄랑 잘도 따라온다
소나무 아래 흰 구절초도 피고
찔레 덤불 아래 들국화도
희망찬 보라색 꽃을 피워
벌, 나비 가는 길 가로막고
시비를 걸었는지
벌들이 웅성거린다
털갈이한 수탉이 이쁜 새 옷을 갈아입고
이제 막 어른이 된 암탉에 벼슬은
초고추장 색깔보다 더 붉어
가을 색깔에 구색을 갖추어 가고
돌자갈 시냇물을 거슬러 올라가는
살찐 잉어, 붕어
가을 미꾸라지 꼬리 춤 소리가

흘러가는 물결을 마찰시켜
헬기 날개 돌아가는 소리를 내는구나
날씨가 시원해서 일을 해도
땀이 안 흐르니 더운 줄도 모르고
늦가을이며 겨울 지나 이른 봄까지
밥상에 반찬으로 맛있게 먹겠다고
시금치 씨앗도 뿌리고
봄동 배추, 갓, 상추, 얼갈이배추까지 심었네
씨앗이 올라오기를 기다리는 기대감으로
희망을 한 아름 안고
집으로 돌아와 가벼운 노동 후
식탐으로 즐기는 비빔밥 한 그릇에
막걸리 한 사발 뚝딱 하고 나니
이 세상에서
제일 행복한 사람이 되어 있네

2024. 10. 7.

# 포기는 없다

밤비가 내리더니
아침에는 구름만 가득하고
비와 태양이 협상 중인지
비도 햇볕도 안 나고
어중중 한 걸 보니
서로 고집이 센 모양이다
축구 골대 망 모양
커다란 그물을 쳐 놓은 거미집에는
먹이 하나도 안 걸려들고
축구공 같은 빗방울만 포도송이 매달리듯
조롱조롱 매달렸구나
어제 종일 힘들게 그물을 만들어
명당이다 하고 놓았는데
꿈에도 비 올 줄 몰라
헛공사만 하고 말았네
세상일이 어찌 마음먹은 대로
술술 풀리겠나만
대나무에 마디 생기듯
삶의 어려운 난간이
허술한 삶 다져주고
힘든 일 이겨내야 내가 원하는

세상에 한 발 더 다가가고
더 넓은 세상 구경하지
거미야 걸려든 빗방울이라도
마셔 허기진 배 달래고
용기 내어 시간을 기다려 보렴
기다리다 보면
오늘 밤에는 네가 생각하는 것 보다
더 큰 복덩이가 굴러 들어 올지도
모를 일이지
한 번 도전보다 두 번 도전이
성공 확률을 배나 높여 준다
원하는 일은
반드시 이루어진다
될 때까지 몇 번이고
포기 없이
이루어지는 그날까지
노력하면 되니까

2024. 10. 7.

# 복불복대로

오늘도 아침 해는
인간의 오욕칠정을
햇살 가루에 섞어서 뿌리고
복불복대로 제 몫을 챙겨 담아
담 모퉁이 돌아가 살며시 열어 보니
희로애락에 벌집을 쑤셔 놓은 듯
시끄럽다
앞산 까마귀도 오늘 복은 꽝인지
시끄럽게 떠들어 대고
그런대로 중박을 받았는지
참새 여러 마리 모여 꽁알꽁알하는구나
가을 이슬이 좋다고
달라붙은 갈대는
짐이 무거워 허리가 휘고
풀잎 끝에 맺힌 이슬은 온다 간다 말없이
햇살을 타고 하늘로 날아갈
시간만 기다리고
알사탕 녹여 먹듯
태양은 햇살로 오늘 하루 시간을
천천히 녹여 먹는다

2024. 10. 8.

# 세상에서 가장 행복했던 순간

잠이 안 와 엎치락뒤치락
아무런 기대감도 없이
그냥 잠들기만
기대 반으로 생각 반으로 누워있다
나도 모르게 잠 속으로 빠져들고
꿈속에서 신기루를 보았고
기적을 만났네
그 기분 좋은 훈기가
잠을 깨우고 난 지금까지 좋은 기분으로
뿌듯한 만족감으로 마음을 꽉 채운다
일생을 사는 동안
꿈이고 현실이고 간에
간밤에 꿈은 일생의 최고였다
한순간이지만 좋은 느낌은 영원할 것 같다
간밤 꿈속에서 너를 보았고
너를 만나 누리던 일상의 그 순간이
너무 행복했었다
가마솥 물 끓어 넘치듯
너무 가슴이 벅차올라
확인하고 또 확인하고파
얼마나 간절했던지

진짜인지 가짜인지 어둠에 불빛 비추듯
너무나 선명해서 꿈인지 생시인지
확인하려는 순간
행복했던 너와의 만남도 사라지고
잠도 사라지니
허망함이 탈수기 물 털어내듯
일순간에 하늘 땅 전부를 채웠던
행복한 감정 다 털리고
잠을 깬 멍한 아침을 맞이한다
후회한다 잠을 깬 이 순간을
돌아가고 싶다
간밤에 꿈속 세계를
일생을 살아오면서
제일 행복했던 순간이
어젯밤 꿈속에서 너를 만난 일이었네
현실은 아니어도
꿈속에서라도
너를 만날 수 있어서
그 꿈 다시 꾸기는 현실보다 더 힘든 일
삶이 어쩌다 행운으로 남겨주는
요행수를 기대하며

또다시 기적을 염원해 볼 수밖에 없구나
마음에서 혼자 한 사랑이
하늘도 감동했는지
소원을 들어줬나 봐
아직도 못 잊고
너를 사랑하고 있나 봐

2024. 10. 9.

# 단풍잎 물들어 갈 때

꿈길에서 흘러나온 부드러운 꽃 안개는
사랑으로 천지간을 품고
알 낳듯 태양을 동녘 산
꼭대기 올려놓으면
태양은 광대같이 시간에 밧줄을 타고
오늘도 잘 굴러간다
아침저녁으로 찬 기운은
세상의 변화에 눈치를 주고
눈치 빠른 세상은 그 의미를 알고
계절은 가을을 물들게 한다
달력에 날짜 채워가듯
느티나무 고운 단풍잎이
아래 잎부터 탑을 쌓듯이
하루 한 층씩 쌓아 올리고
나뭇잎에는 물감을 쏟은 듯
단풍잎은 그림을 그리다 만 작품처럼
미묘한 색깔로 사람 마음 들었다 놓았다
마음을 들뜨게 한다
붉게 타오른 단풍잎에 물들어
시월에 태양도 저녁노을처럼 붉게 타오른다
짙은 안개를 보니

오늘 햇빛이 무척 좋을 듯싶구나
이런 날 기분 안 좋은
눅눅한 마음 우울한 마음 처진 기분
알곡 익어가는 가을 햇빛에 잘 말려
뽀송뽀송한 기분 좋은 마음으로
오늘도 설렘이 있는
행복한 마음으로 기분 좋게 살자

2024. 10. 9.

# 이해관계

짙은 안개는 계절에 변화를 원하고
알사탕 껍질 벗기듯
태양은 옷을 벗듯 안개를 벗기고
톡 튀어나온다
아이들 막대사탕 빨 듯
만물들은 누구에게 뒤질세라
너도나도 달려들어
염소 새끼 어미 젖 빨 듯
햇살에 단맛을 빨아 배가 터지도록
욕심을 채우고 있다
이슬 머금은 들국화나
단풍잎 머금은 나뭇잎이나
같은 꿈일까?
다른 생각일까?
똑같은 하루 시간일지라도
다르게 느껴지는 것은
하는 일이 달라서
아니면 나이가 달라서 그럴까?
아마도 이해관계 때문이겠지
사람은 돈을 먹어야 움직이고
기계는 기름을 먹어야 움직이듯

모두가 생존을 위해
같은 장소에서도
유리한 곳을 골라 서나 보다
가을걷이에 바쁜 농부도
손 허리 쉴 사이도 없고
할 일을 끝낸 마음이 허한 갈대는
도인처럼 깊은 사색에
미동도 없고
쌀쌀한 밤 날씨에
잠도 제대로 못 이루었는지
개구리 할배는
이슬 젖은 풀잎에 올라앉아
달콤한 아침 햇살의
꿀 독에 빠져 꿈길인지
생사간인지도 모르고
깜박 잠이 들어
꾸벅꾸벅 졸고 있네

2024. 10. 10.

# 유 혹

가을 찬 기운은
이불 속으로 파고들어 와
좀 쉬었다 가자고 그러고
가을걷이에 바쁜 햇살은
온 누리에 펴져 있어도
일하러 갈 생각도 없이
방에 들어앉아 있으니 애가 타는지
기다리다가 지친 아침 햇살은
인내에 한계를 드러내고
거칠게 창문을 흔들어 댄다
햇살 성화에 못 이겨
주섬주섬 일복 입고 나오려고 하니
다방 여주인 웃음으로 손님 부르듯
커피 한 잔이 손목을 잡고
매일 하는 일 조금 늦으면 어떠냐?
늙은 농부 일만 하다가 말랑가?
한잔하자네
나이 먹다 보니 오래된 고무줄 탄력 없듯
욕망도 의욕도 느슨해져
그냥 유혹에 넘어간다

2024. 10. 11.

# 사 진

아름다운 순간을 기념하고파
사진을 찍는다
멋진 배경과 꽃 속에서
사진을 찍는다
그중에 내 얼굴이 제일 못하구나
왜냐하면 내가 사진 속에서
제일 오래되었으니까
술은 오래되고 친구도 오래되면 좋다는데
늙음에 관록은 어설픈 청춘보다 못하고
젊음이 좋다
청춘이 좋다
그래서 젊은 청춘 시절이
인생에 꽃이다
늙음은 인생에 열매이고
젊음은 인생에 꽃이다
나는 그 이쁜 꽃을 사랑하고 싶은데
벌써 인생은 열매가 맺고
돌아갈 수 없는 그 시절이
눈물에 꽃으로 그리워지는구나

2024. 10. 12.

# 호텔 숙소에서

삶에 눈을 번뜩이던
도시의 불빛도
꿀벌들의 웅성거림처럼
도시의 교차로 같은
삶의 전쟁도 밤이 깊어
졸음이 짙어져 한쪽 눈을 감고 있다
아침 해 동무와 시작한
삶에 노동이 저녁 노을빛 물들 듯
피로감이 쌓여 휴식으로
쓰레기 더미 치우듯
오늘을 살고 난 찌꺼기를
치워야 하니까
어둠과 함께 지쳐 이제는
휴식이 필요하다
오늘의 화려했던 영광도
비굴했던 순간도
지나간 잊힌 일로 잊어버리고
잊어버린 그 나머지 숙제는
어둠에 묻고
내일은 또 다른 맞수와
힘겨루기에 나서야 하기에

호텔 숙소에서 객지의 낯선 밤을
맞이한다
밤늦은 시간에 홍수 때
부유물 떠내려가듯
차 브레이크 붉은 등이
흘러가다 멈추다 하는
강 같은 도로에
사연 많은 하소연이
늦은 귀갓길을 서둔다
아빠를 기다리던 아이들은 잠들고
남편 기다리던 졸린 눈으로
맞이하는 아내에게 무슨 말을 건넬까?
그 아내의 반기는 대답은
긍정일까?
부정일까?
그 대답, 내가 궁금하네

2024. 10. 13.

# 대형 쇼핑몰에서

자본주의 돈의 힘은 산만큼
커다란 건물을 만들어 놓고
낚시질하듯 사람 욕망을 자극해
사람들에 작은 푼돈을
끌어모아 태산 같은
커다란 부를 축적해 간다
세상 만물들의 군상들이
전국 노래 자랑하듯이 모여들어
재주와 맵시 자랑에
먼저 온 사람들이
마음에 드는 것 골라
하나씩 둘씩 뽑아가고
남은 물건들은 또 다른 사람들과
만남에 인연을 기다리고 있다
먼 곳에서 찾아온 사람들은
표적물을 찾아가는 미사일같이
욕망이 원하는 것에
무차별 폭격을 해 인연을 맺어간다
알록달록한 불빛만큼
요염한 욕심은 꼬리를 흔들어 유혹하고
욕망의 흔들림에 설득당해

주머니는 고픈 배 꼬르륵 소리 내듯
카드 결제 소리가 드르륵 열차 지나가듯
통장은 마이너스로 가는 길에
심장은 깜짝 놀라 하품하고
두 손이 무거워질수록 홀쭉해지는
지갑 잔고 걱정에
부족한 마음으로 돌아서게 한다
소유는 하지 못해도
못 가지는 마음이 이해할 만큼
눈 쇼핑으로 다리가 아프도록
돌아다닌다
허기진 마음 욕망에 나부대다
지친 마음으로 오늘 쇼핑 길 끝내고
다음 날 기약하고
돌아서 간다

2024. 10. 13.

# 인생길

밤늦은 시간 화려한 불빛은
외로움에 헤매는 영혼을 부르고 있다
삶의 무게에 지친 영혼들이
위로가 필요해
불빛을 찾아드는 불나방같이
어둠을 지키는 파수꾼 품속으로 파고들어
그 외로움 고달픔을 눈물로 한숨으로
한 잔의 술로 녹여본다
한 잔의 술에 감정을 녹여 볼라 하면
그 감정 다 녹아내리기도 전에
술기운이 재주를 넘어 둔갑하고
피리 소리에 코브라 홀리듯
술기운에 낚여 오리알 기러기알
횡설수설을 한다
삶의 무게가 천근만근이더냐
욕심에 무게가 천근만근이더냐
그 무엇이 중하다 해도
다 내려놓고
소풍 가방 메고 가듯
가볍게 인생길 걸어가세

2024. 10. 13.

# 지나고 보니

꽃을 본다
그림에 꽃을 본다
향기도 맛도 볼 수 없지만
그 향기 맛 기억 속에 있고
그 느낌에 감정은 추억 속에 있다
힘이 있을 때 힘 있는 줄 모르고
샘이 있을 때 목마른 줄 몰랐다
청춘이 활개 치던 시절
청춘이 귀함을 몰랐고
늙음이 소낙비에 몸 젖듯
흠뻑 젖을 때 비로써
그 귀한 청춘인 줄 알겠더라
몸 성할 때 자유의 편안함을 모른다
배부를 때 배고픈 심정 모르고
몇 날 며칠 굶어 보면
그 소중함을 알 듯 꽃잎이 지고 보니
그 아름다움 더 그립고
청춘이 가고 나니
그 시절이
동화 속 그림이 되어 그려진다

2024. 10. 14.

# 이별의 순간

이별의 시간은 서서히 하나, 둘 메시지로
헤어짐을 알려 오고
보내야 하는데 보내기 싫은 마음은
깊은 생각에 빠져들고
놓아 주어야 하는데 놓아주기 싫은 마음은
고민으로 미련을 이어 간다
밥맛도 없고 의욕도 없다
긴긴 한숨은 간간이 절망만 낚아 올리고
1부터 100가지 방법을 연구해 보지만
뾰쪽한 대책은 없고
우황 든 황소같이 속앓이로 위축되어 가고
삶의 그림자는 자꾸 작아만 간다
나뭇잎 단풍 물들어 가듯
어제보다 오늘이 오늘보다 내일이
그 색깔 짙어가고
마음에 각오하고 있는
언젠가 떠나갈 이별에 순간이
눈물로 다가서겠지만
이별의 그 순간을 최대한 늦게 맞이하고 싶다
모든 순간이 기차 기적소리처럼
강하고 짧은 순간이겠지만

이별에 기적소리는 영혼에 메아리 소리처럼
마음 건너편까지 길게 길게 울려 퍼질 것 같다
도망가고 싶은 그 이별의 상처는
슬픈 소리로 두고두고
메아리 울림소리 되어
마음 들녘 끝까지 이슬비 젖듯
촉촉이 울려 퍼질 것 같다

2024. 10. 14.

# 기분이 우울할 때

하늘이 흐리면
사람 마음도 흐려지고
빗방울이 먼지를 씻어 내면
빗방울 소리에 빈대 기어다니듯
마음 한구석에서 엎드려 있던
축 처진 기분이
비 온 날 안개 깔리듯
조금씩 조금씩
마음을 덮어 나오고
홍수 때 강물 밑바닥 물 뒤집히듯
일상에 덮여 있던
마음속에 우울한 기운도
그 모습 드러내고
비 오는 시간이 길어질수록
내리는 빗방울 소리 굵어질수록
우울한 기운은 까만색으로
색깔 찐한 그림자같이 배어 나와
동무하자 그라고
저녁도 먹기 전 시간이라
잠을 자기까지는
남은 시간이 길다

책장을 넘겨 봐도
인터넷 검색을 해 봐도
눈에 안 들어오고
축 처진 기분에 집중이 안 되네
의미 없는 군것질거리로
열심히 입맛만 다셔 보니
헛배만 불러오고
가만히 앉아서는 답이 없고
이러나저러나 불편한 것은
매한가지 차라리 비를 맞고서라도
힘쓰는 운동 하러 가서 땀이라도 빼야겠네

2024. 10. 14.

# 가을비는 오고

비가 온다
가을비가 온다
놀기가 좋은지 갈 곳이 없는지
비는 1박 2일로
여름비와 같이 내리고
추수 끝나고 짚 깔린 논바닥에
미꾸라지 붕어 헤엄치고 놀 만큼
많은 빗물이 담기고
볏짚을 우려내고 있다
고독을 좋아하는 사람들 분위기 좋게
길바닥에 눌어붙은 낙엽은
이리저리 초라하게 흩어져
세상에서 마지막 모습을 보이고
전깃줄에 앉아 갈 곳 없어
어디로 갈까? 망설이는 비둘기 젖은 옷이
마음만큼 무거워 보이고
멍한 눈으로 나를 바라보는 눈빛이 외롭다
비가 와서 신이 난 청개구리는
노래를 부르다 주위 분위기를 보니
몰매 맞을까 봐 입을 꾹 다물고
비에 털 젖을까 봐

조심성 있는 마당 개는
개집에서 턱을 고이고
주인이 눈길 주어 눈빛이 마주치자
반가움에 인사로 손 흔들 듯
꼬리만 흔들어 답하고
자리에 누운 채로 주인 발걸음 따라
눈망울만 왔다 갔다 거리며
세상을 감시한다
비로 다져진 공기는 눅눅한 습기를 머금고
할 일 없이 이곳저곳을 기웃거리고
들락날락하는 손님 등 뒤에
강 안개 피어나듯
하얀 커피 향 익는 내음이 문틈으로 나와
한잔하고 가라고 인사를 건네고
참새 방앗간 못 지나가듯
그냥 지나치기 미안해
커피 한 잔으로
시간을 녹여 배 속을 채우네

2024. 10. 15.

# 당신이 보고파

안개는 빗자루로 마당을 쓸 듯
세상을 쓸어가고
아침햇살은 안개를 쓸어가며 나타난다
스펀지 물 빨아들이듯
가을 열매들은
햇살을 복사해 오려 붙여
작품을 만들어 가고
계절의 변화는 연극무대 배경 바뀌듯
세상은 푸른 여름에서
알록달록 컬러 빛깔
단풍잎 세계로 물들어
저녁 노을빛같이 곱고
아침저녁 찬 기운 시련에
단풍잎 물들어 가듯
시간은 내 마음을 새겨
단풍잎 위에 올려놓고
이 가을에 아름다움을 즐긴다
석양빛이 냇물에 몸 담그고
갈대 머리카락 넘어
부끄러워 얼굴 가리는 초승달을 부를 때
외로움 탓인지 그리움 탓인지

당신이 무척이나 보고 싶어
당신의 이름 애절하게 부르고
또 부르는데
지나가는 가을바람이
내가 당신을 보고 싶어 한다는
말 안 전하더나

2024. 10. 16.

# 국화꽃

어둠이 스며들 듯 새어 나온 북풍이
밤이슬을 타고 세상을 한 바퀴 돌고 나면
찬 기운에 마술이 새벽안개를 만들고
제 세상 만난 안개는 세상을 바꿀 듯
무법천지로 날뛰어 자기 마음대로
미용사 모델 화장하듯
세상천지를 꾸미고 싶은 대로
분칠도 하고 그림도 그리고 색깔도 입히고
그렇게 재미있게 놀다
배가 고픈지 온다 간다는
말도 없이 슬금슬금 빠지고
그 빈자리 아침 햇살이
제 자리인 양 차지하고
하루 일을 시작한다
메아리 소리 울려 퍼지듯
단풍잎은 아랫잎부터
나뭇가지를 타고 오른다고 용을 쓰고
여름내 더위와 씨름하며 산다 못 산다
실랑이 벌이던 국화꽃도
이제는 어깨가 떡 벌어진 장정이 되어
콩알만큼 작은 꽃봉오리를

들고 서 있구나
찬바람으로 며칠 시간을 씻어 내고
가을 감로수 몇 병 얻어 마시면
바구니만큼 큰 꽃잎을 한 짐 지고 와
널어놓으면 찬 서리도 만만하게
칼질하지 못할 만큼
그 모양은 위풍당당하겠지!

2024. 10. 17.

# 가을날

찻잔에 김 올라오듯
가을이 익어가는 강 안개는
솔솔 피어나 가을에 향기를 전하고
가을 향기에 마음이 들떠 산행길 나서고
오솔길 산길 따라
가을은 나뭇잎에 오색 그림을 그려가고
단풍잎은 물감을 뭉텅 찍어
내 마음에도 이쁜 단풍잎만큼
고운 그림을 그려주네
풍년이 들어 밤나무 참나무 아래는
눈꽃 송이 쏟아져 쌓이듯
알밤이며 도토리가
밤하늘 별들같이 눈에 번쩍 뜨이고
산 다람쥐 청설모
가을걷이하고도 남은
도토리며 싸락밤이 욕심을 총질해
한알 두알 줍다 보니
재미가 쏠쏠하고
통장에 돈 쌓이듯 주머니가 두툼해지니
그 재미가 두 배일세
도토리는 묵 해서

친구랑 막걸리 안주로
가을밤을 즐기고
알밤은 주워서 손주, 손녀에게 보내면
고소한 가을날 하루는
기억 속에 아름다운 보람으로 남는다

2024. 10. 18.

# 행복의 조건

할아버지 동전 주머니에서
동전 꺼내 헤아리듯
오전 내내 내 마음 같이
궁리가 많은 구름은
이래볼까?
저래볼까? 망설이다가
가을 운동회 호각 소리에 학생들 뜀박질하듯
천둥이 동서로 하늘길 내달리니
뒤질세라 앞다투어 비가 봇물 터지듯
시간에 등 떠밀린 소나기가 쏟아진다
참았다 누는 아이 오줌발같이
가을비라 말하기에
무색할 정도로 세게 내린다
내 눈과 딱 마주친
처마 밑 참새는 두 눈만 멀뚱거리고
처지가 나와 비슷한가 보다
꼭 가야 할 곳도
오라는 곳도 없어
수도승 면벽 수행하듯
벽 속에 숨은 그림 찾아보지만
아무것도 안 보이고

그냥 그 벽이 그 벽이다
온갖 망상이 심심하다고
이 생각 저 생각 끌어 대지만
이거다 싶은 것 없고
잡생각은 바람에 깃발 나부끼듯
천지도 모르고 변덕을 부려보지만
별수 없고 심심해 친구 찾아 전화해 보면
내 신세나 친구 신세나
그 나물에 그 밥일세
외롭다 고독하다
아무런 값어치도 없는 망상만
연락선처럼 왔다 갔다 할 뿐
눈에 혹하는 것 없고
지루함이 졸음을 쏘셔오고
잡념 없애고 몸과 마음에
평화는 일뿐이네
적당히 일하며 심신이 안정되고
밤잠도 잘 오고 시간도 잘 간다
인생의 즐거움 중에
소소한 작은 일거리가
행복의 첫째 조건이구나

2024. 10. 18.

# 인생 쉽게 살자

날이면 날마다
새로운 날이 인생이다
인생은 연습 없는 실전이니까
똑같은 일 없고
늘 새로운 일과 만난다
그래서 실수도 하고 후회도 한다
그러다 이력이 쌓이면
요령이 생기고 요령이 생기면
다리 없는 개울도 잘 건너간다
어제 맺어 놓은 인연 따라
가는 길 정해져 있고
그 길 따라가다
꽃구경도 하고 산도 넘고
미련에 이끌리고 유혹에 취해
또 다른 인연 줄을 잡아
환승하기도 한다
세상 모든 일이 인과응보라
인생은 쏘아 놓은 화살 같고
철도 노선 같아
정해진 시간에 정해진 곳으로 간다
기차가 옆길로 가면 사고 나듯

인생길도 마찬가지
오늘도 즐거운 마음으로
오늘에 숙제 잘 풀어
내일은 자갈길 대신
평탄한 길을 걸어가세

2024. 10. 19.

# 삶은 죽음보다 쉽다

가을비 오는 어느 날 오후
나뭇잎 하나 바람을 타고
허공을 가른다
이별이다
만남과 헤어짐에
핑계 없는 무덤 있겠냐만
무슨 딱한 사연이 있길래
저리 헤어지는가?
온다는 말 내색은 안 해도 훈기가 나
반가움이 묻어나고
이별에 떠나감은
찬 기운이 몸을 감싸고
슬픔으로 눈시울을 적시게 한다
밤비 오는 소리
바람 소리가 전깃줄을 기타 치듯 울릴 때
나뭇잎 떨어지는 소리는
비질하듯 시간을 쓸어
나이를 헤어가고
늙어가는 현실에 강줄기만큼
긴 한숨을 토하고
어쩔 수 없는 슬픔에 속앓이한다

매년 오고 가는 계절이지만
나이가 한 고개 넘을 때마다
아쉬워 뒤를 돌아다보고
청춘을 회상한다
단풍이 낙엽 되어
떨어지는 걸 보니
언제 어느 인연에 홀려
낙엽 신세 될지 모른다는 생각이
뇌리를 스치고 지나가니
내 차례가 다가온다 싶은 생각이 드니
각오 없이 그날을 맞이할 걸 생각하니
하늘이 노랗고 눈앞이 깜깜하네
삶이 아무리 힘들어도
죽음보다 훨씬 수월한 일인 것 같네

2024. 10. 19.

# 가을 풍경

가을바람 찬바람은 더위를 한 껍질 벗기고
빼앗으려는 자와 빼앗기지 않으려는 자와의
다툼같이 옷깃을 여민다
높고 푸른 하늘에 흰 구름은
바람에 아가씨 머리카락 날리듯
깔끔한 여운을 남기고
단물 다 빠진 흰 달은
어색하게 있는 듯 없는 듯
노루발에 채 이어 굴러가는
뒷산 돌멩이같이 천천히 하늘을 굴러가고
가을 운동회 때
한 바퀴 처진 선수 추월하듯
가을날 아침 해는
꾸물거리는 흰 달 보고 어서 가자며
바쁜 걸음으로
중천을 향해 내달리고
나뭇잎 밑에서 있는 듯 없는 듯
뜨거운 여름을 지켜내고
땅 기운이 충만하고
가을 햇살 응원받은
감나무 감은

잘 구워진 도자기 영롱한 빛깔보다
더 영혼을 유혹하는 황토 빛깔로 단장해
가을 시간 한때를
이쁘고 아름다운
살아있는 그림으로
가을 풍경을 꽉 채워준다

2024. 10. 20.

# 손자와 홍시

새벽안개는 여인네 얼굴 화장 분칠하듯
나뭇잎에 단풍으로 고운 색깔 입혀가고
계절은 황소 달구지에 짐 실어 쌓아놓듯
가을을 높이 쌓아가고
아침저녁으로 쌀쌀한 찬 기운이 추웠는지
참새는 새 옷을 꺼내 입고
내 옷이 이쁜지 너 옷이 따뜻한지
따뜻한 아침 햇살 아래 차 한 잔을 나누며
수다를 떨다 웃다
유쾌한 아침 한때를 즐기며
삶에 행복을 느끼고 있다
국화꽃 봉오리는 부드러운
가을 햇살 꼬드김에 넘어갈 듯 말 듯
고단수로 밀당을 즐기며
피어볼까? 말아볼까? 뜸을 들이고
터진 입술 사이로 향기는
아는 듯 모르는 듯 새어 나와
허공에 물결치면
겨우살이 준비에 갈 길 바쁜
벌 한 마리 낚여 들어
국화꽃 향기에 홀려 갈 길을 잃고

강둑에 고삐 매인 염소 모양
허공에 그림만 그린다
홍시 단맛을 본 손자는
어른 키보다 두 배나 긴 장대를 들고
홍시 따 먹겠다고 총질하듯
사냥질에 열심이네

2024. 10. 21.

# 노인의 하루

가을비에 땅은 촉촉이 젖어오고
땅을 튀긴 빗방울 때문에
참새 다리가 다 젖었구나
비가 오나 눈이 오나
직장인은 출근길에 목숨 메어 언제나 바쁘고
학교 가는 학생들 우산은 유등축제라도 하듯
거리를 따라 오색빛깔로 둥둥 떠내려가고
바쁜 출근길 끝난 거리는 한산하고
갈 곳 없는 백수는 참새 방앗간
그냥 못 지나가듯
행여나 하루 같이 놀 동지를 만날까?
커피집을 찾아가는지 산에서 범 내려오듯
어슬렁거리며 내가 거리를 걸어간다
단맛의 꼬드김에 빠진
꿀벌 꿀통에 빠져 죽듯
편안한 유혹에 이끌려
불나방 불빛을 찾아들듯
내 하루의 삶은
촛불 심지 타오르듯
조용히 타오른다

2024. 10. 22.

# 가을 추수

비 온 뒤 가을 햇살은
손자의 웃는 얼굴만큼 환하고 이쁘다
단풍잎은 김치 맛 들어가듯 깊이를 더해
영혼을 홀리는 오묘한 매력으로 다가서
눈길을 멈추게 하고
가을이 익어가는 향기는 가마솥 누룽지 고소하게
구워가듯 구워져 벌, 나비들 콧구멍이
벌렁벌렁거리게 하고 사과를 베어 먹듯
들판에 잘 익은 벼는
콤바인이 한 입 두 입 베어 먹고
오늘도 한 자리 두 자리를 비운다
자석이 모래 속에 쇳가루 끌어모으듯
들판에서 추수한 곡식들이
농부의 창고에 항구에 고깃배 들어오듯
속속 모여들고 수확의 기쁨에
농부의 웃음은 귀에 걸리고
수탉의 울음소리는
승리의 나팔 소리보다
더 크게 담장 넘어
동네 밖까지 울려 퍼져간다

2024. 10. 23.

# 아쉬운 가을

기적소리 울리며
기차역 지나가듯
계절은 매일 매일
다른 역 지나간다고 알려주지만
허투루 듣고 생각은 현실을 잊고 지내고
기억은 늘 지난날만 알기에
놀랄만한 변화가 코앞에 증거를 들이밀면
깜짝 놀라 현실을 느낀다
오늘이 10월 하순인데 아침 기온이 7도네
완전 겨울 날씨다
불에 굽는 오징어 모양
추워서 몸은 자꾸 오그라들고
마음도 위축되어 가네
좋은 시절 다 갔구나
여름은 더워서 난리고
겨울은 추워서 싫은데
좋은 시절 봄, 가을은
노루 꼬리 같이 짧기만 하고
어휴 싫어라
찬바람에 시린 느티나무잎은
단풍으로 짙어가고

마구간 나서기 싫은 황소 버티듯
가을은 버텨 보지만
겨울은 고삐를 바짝 당긴다
친구를 작별하듯
좀 더 같이하고픈
가을을 보내야 할 시간이
가까워졌나 보다

2024. 10. 25.

# 후회의 쓴맛

삶이 무엇일까?
장기판에는 차·포가 중요하고
사냥에는 길목이 중요한데
고된 인생길을 걸어가면서
무얼 얻으러 갈까?
아마도 건강, 행복, 사랑하는 마음이
인생 3대 즐거움이겠지
인생길 지나고 보면
못 먹는 생선 가시같이
찌꺼기가 남는다
놓친 물고기가 더 크고
지나간 버스가 더 아쉬움이 크듯
지나간 일은 거울같이 맑아
늘 빠뜨린 실수를 건져 올려
후회의 쓴맛을 보여 준다

2024. 10. 25.

# 독야청청

찬 기운은 내 품속을 파고들고
나는 온기를 찾아
그 품속으로 파고든다
시간이 차고 갈 길이 바빠진 국화는
꽉 찬 봇물 넘어가듯
땅 기운을 모아 꽃봉오리를 터트리면
반쯤 입을 삐죽 내밀은 구부러진 꽃잎은
허리를 펴고 기지개를 켠다
꽃잎이 벌어진 틈 사이로
이슬방울은 지렛대 되어
바윗돌 틈 벌리듯
젖어 들어 힘을 쓰고
힘에 밀린 꽃잎은 도미노 쓰러지듯
어쩔 수 없이 하나, 둘 꽃잎을 벌리고
벌, 나비 어서 와
가을잔치 한판 벌이자고 부른다
같은 자리에 함께 서 있는
느티나무 단풍잎은
소낙비로 긴긴 장맛비로 아무리 씻어도
같은 색 푸른 나뭇잎이 한편이었는데
찬바람 고문에 못 이겨

빨강, 노랑, 황토 색깔로
그 본성 드러내고
청춘일 때는 그 모습 똑같았는데
한 해 농사 끝나는 가을이 되어
단풍이 찾아드니
동상이몽이라고 같은 나무라도
나무마다 개성이 있어
다른 색깔로 짙어
자기만의 노래를 부르고
사람들도 같은
하늘 땅 위에 함께 살아도
자기만의 아름다운 인생 이야기가 있구나
식어가는 하늘과 땅 기운이 만나
안개를 만들고
잠깐 안 보이는 그 순간에
마술을 부리듯
안개는 너울너울 피어올라
흥부 제비 박 씨 물어오듯
햇살을 물어내리고
농부 집 마당 장독대에는
가을 나물이며

곡식들이 담긴 소쿠리가
하나, 둘 늘어간다
알록달록 익어가는 소리가
남자아이 여자아이 소꿉장난
살림살이 놀이하는 것 같이
이쁘다

2024. 10. 26.

# 팔자 타령

아쉬운 만큼 짧은 가을 햇살은
인정머리 없이 뒤도 안 돌아보고
서쪽 산을 넘어가고
초저녁 별빛은 반갑다고 반짝이는데
아직도 할 일은 끝이 안 보이고
오늘은 일 년 내 고생해서 지은
벼농사 잘 지었나?
못 지었나?
가리는 재판 같은 물 수매하는 날
올해는 가을비가 시도 때도 없이 많이 오고
남의 손 빌려 타작하다 보니
어디 일이 내 마음먹은 대로 되나?
기다리다 하다 보니 모두 다 내 마음 같은지
가는 날이 장날이라고 대목장 저리 가라네
추곡수매 긴 줄 꼬랑지 붙들고 있네
몇 시간을 기다리다 보니 몸고생 마음고생
하늘에 별빛만 쳐다본다
인간 세상살이 누구는 일평생 양지쪽에서
잘사는 사람들도 많더라
응달 포수처럼 음지에서
오지도 않을 행운에 수 기다리는

어리석은 포수가 되어
힘든 일 신물이 나도록 해보니
인생 그것별 것 아니네
5시에 도착해 8시가 다 되어가니
젖먹이 아이 울 듯 배는 고프다고 꼬르륵 소리를 내고
내 차례는 아직도 멀었네
고된 삶 하루 보내기가 이리도 힘드나?
사는 게 뭔지 돈이 뭔지
약자의 삶은 어느 시절이나
고달프고 눈물 나는 것
어디 가서 하소연하나
그냥 풀숲에서 숨어 우는 벌레 모양
답답한 가슴 불타오르는 분노에 슬픔을
냇물에 발 씻듯 막걸리 한 잔으로
급한 불 먼저 끄고 삭신이 쑤셔오는 통증
죽든지 살든지 네 마음대로 해라 하고
나도 모르는 생로병사
인생 운명 너 마음대로 해라
내 몸 나도 모르겠다
질끈 눈을 감는다

2024. 10. 26.

# 벼 베기

오늘 벨까? 내일 벨까? 날씨 눈치 보고
기계 주인 사정 맞추어 보고
내 형편 생각해 바둑판 돌 놓듯
머릿속 계산은 달나라 가는
우주선 설계 도면같이 계산도 많이 했는데
산을 오르듯 기대감 설렘으로
산꼭대기 올라서면
잠시 느끼는 감흥이 끝나면
거품 사그라들듯 흥분된 마음 싹 가라앉듯
가을 숙제 벼 추수 끝내고
이슬 젖은 빈 논을 바라보니 허전하네
기쁨과 기대감은 추수한 벼 포대 속에 함께 담겨
창고 속에 쌓이고 그 마음 쏙 빠지고 나니
이 빠진 입처럼 허전하고 마음은 허허벌판이네
가슴속 꽉 차 있던
기대감 책임감 같은 마음에 짐을 내려놓고 나니
불어 터진 만두 어묵같이 마음이 흐물흐물하다
삶에 행복은 많이 가짐도 궁핍도
자랑도 아닌 깨알같이 작은 일상에
쏠쏠한 재미가 삶에 최고의 행복인 듯싶네

2024. 10. 27.

# 겨울이 오는 소리

찬바람에 손 시려 단풍잎에 발 시려
일상을 정리하고
개구리는 눈물의 고난 행군 길 나서고
이번 겨울 동안거 수행 잘 끝내야
내년 봄 아지랑이가
새싹도 불러내고 봄꽃도 불러낼 때
개구리 이름도 부르며
같이 놀자고 나오라 할 때 나갈 건데
문제는 안전한 동안거 처소가 문제네
유명한 풍수 지관 불러서 명당에 자리 잡아
봄까지 무탈해야 할 건데
돈도 없고 대출도 못 내어 지관 못 부르고
자리 잘못 잡아 얼렁뚱땅 흥부 집처럼 얼기설기
남의 땅에 지었다가 밀, 보리 심는다고 농부의 쟁기질에
무허가 건축물이라고 철거되고
찬바람에 쫓겨나는 불상사는 없어야 할 것인데
개구리가 어찌 농부 마음 알겠나?
먼저 온 겨울새 청둥오리는 짝지어 웅덩이 하나 전세 얻어
이삿짐 풀어 놓고 살림살이 정리며 집 안 청소에
깨가 쏟아지는구나 단풍잎에 비친 저녁노을 하늘이
그대 마음 씀씀이만큼 이쁘구나

2024. 10. 28.

# 깊어가는 가을

찬란한 아침햇살은
하루 시작을 알리고
가을 운동회 달리기 경주하듯
사람들은 목구멍이 포도청이라
제 갈 길을 찾아 달아나고
안 먹고는 못 사는지
산비둘기 까치도 가을걷이한다고
바빠서 옆도 안 돌아본다
겨우살이 준비 끝난 청설모가 생뚱맞게
일광욕 즐기겠다고
자리를 깔고 누워 보이지도 않는 하늘에
별을 센다고 딴청을 부리고
무심한 시간도 저녁을 향해 달아난다
노란 국화꽃은 아이들 웃음같이
시도 때도 없이 근육맨 근육 자랑하듯
꽃잎이 울퉁불퉁 튀어나와
사람 관심 벌, 나비 관심 다 받네
풀잎 끝에 맺힌 아침이슬은
오색 불빛에 반짝이는 여인의
귀걸이 보석같이
감성에 젖은 마음 끌어들이고

숲에 꼬마 요정들의
불장난으로 시작된 단풍놀이는
온 산을 불태워가고 번져 가는 단풍의 불길을
강 건너 불구경하듯 끌 생각이 없는지
깊어져 가는 가을은 부채질을 더 하네

2024. 10. 29.

# 알다가도 모를 일

두더지 굴 파고 나오듯
시간은 어둠을 뚫고 나오고
새벽안개는 가을과 겨울 사이에
큰 혼돈에 벽을 세워
어느 것이 암까마귀고
어느 것이 수까마귀인지도 모르겠네
세상만사를 다스리는 아침 햇살은
얼음을 녹이듯 사탕을 녹이듯
안개를 살살 녹여
물방울로 만들어
단풍에 그림도 그린다
나뭇가지에 앉은 작은 새 한 마리
짝지는 아침밥 먹고 화장실 갔는지
혼자서 하루 첫 페이지를 열고
조용히 오늘의 삶 이야기 읽어가며
이해가 잘 안 되는지
고개를 갸우뚱거린다
세월은 온다 간다 말은 안 해도
연극무대를 꾸민 듯
어느 날은 꽃 화분을 들고 와 선물하고
또 다른 어느 날은

고운 단풍잎 편지도 들고 와 읽어주네
실연의 아픔같이 쌀랑한 찬 기운에 한기는
몸속으로 파고들고
강물에 돌 던져 퐁당거리듯
낙엽을 한 잎 두 잎 소리 없는 바람에
살랑살랑 날려주면
가랑비에 옷 젖어 들 듯
감성이 외로움과 고독을 물어 나르고
쓴맛에 입맛 다시듯
사색은 계절에 깊이만큼 깊어져 간다
내가 세상일의 관객일까?
배우일까?
세월이 세상일의 관객일까?
배우일까?
생각할수록 아리송한 수수께끼네

2024. 10. 30.

# 아쉬움

술 한잔 먹고 노상 방뇨한다
별을 바라보니 왜 그래 사노? 하고
공자님 말씀 되새기고
가로등을 바라보니 무슨 생각이 깊어 왜
집에 안 들어가나 걱정하고
그리고 술 한 잔 마시고 보니
세상사 일 다 들먹이고
이 일 저 일 사연 듣고 보니 내 능력이 아쉽구나
울다 웃다 세월을 한탄해 보지만
아쉬움이 안타까워 노래를 부른다
오늘 밤이 아쉽다
술에 취한 이 기분 느끼고 싶지만
술은 도둑처럼 숨어들어
내 마음속 들쑤셔 놓고
정리 안 된 마음은 심란하고
외로움에 지친 내 마음은 별에다 시를 쓴다
나이는 달라도 술 한 잔은 마음을 통일하고
흘러나오는 이야기는 술에 취할수록
너 마음 내 마음 하나가 되어
오늘도 합창을 부른다

2024. 10. 30.

# 외로움이 빗물에 녹을 때

밤을 새워 내리는 찬비는 토닥토닥 숫자를 헤아려
달력을 넘기듯 사그락 소리를 내고
낙숫물 소리에 누가 찾아왔나 하고
얼굴을 내밀어 보지만 그저 비 오는 모습만 보이고
아마도 내 속마음은 누군가를 기다리고 있나 보다
처마 끝에 앉은 참새가 궁금했는지 웬일이냐고 물어온다
행여나 좋은 소식 있으려나
막연한 기대감으로 문을 열어본다고 말을 한다
낭만에 운치가 있는 가을 편지 속에 낙엽 지는 사연은
가을비 눈물로 이야기는 시작되고
이럴 때 우산을 쓰면 감정에 북받쳐 눈물 흘리며
무작정 거리를 걸어가도 아무도 내가 우는 줄 모르겠지
걷다가 지치면
커피 향이 진한 카페에 들러 생각만큼 쓴잔에
옛 생각을 녹여봄도 좋을 듯싶고
단풍이 곱게 깔린 거리를 사색 깊은 시인처럼 걸어가면
행여나 지나간 인연이 내 손목 딱 잡아서
옛 추억에 끝자락이랑 오늘을
인연의 신이 바느질로 표시 없이 꿰매
두툼한 인연 줄로 엮여줄지 누가 아나

2024. 11. 2.

# 청개구리 마음

늦은 가을비는 헤어지고
돌아서 가는 여인의 발걸음 소리같이
천천히 토닥토닥거리며 내리고
하늘에 비구름은 무겁게 걸려있다
먼 곳 폭포에 세찬 물보라 휘날리듯
안개는 비 오는 날
하늘과 땅을 이어주는 소통에 다리가 되고
시간의 무게에 못 이기고
빗방울의 무게를 감당 못 한 무른 단풍이
낙엽으로 무너져 내린 빈자리가
산사태 난 자리만큼 허전하다
비 온 뒤 가로수 밑 낙엽은
아이들 딱지처럼 비에 젖어
딱 달라붙어 있고
물 고인 도로는 비가 울고 간 눈물방울같이 고여
상처 입은 멍 자국으로 남아
오고 가는 사람들 마음이 쓰이고
밤새도록 비를 맞았는지
털이 다 젖은 참새는 괜찮을지 몰라도
나는 비에 젖은 참새 두 마리가 불쌍해 보이네
내 마음이 그래서 그런 걸까?

이래저래 날씨도 쌀쌀해 몸도 마음도 움츠러지고
몸에 젖어오는 눅눅함이 싫어서
비 오는 가을날 산책은 싫은데
홀리듯 묘하게도
그 길을 걷고 싶은 청개구리 마음은
가을을 타는 외로운 남자의 마음일까?

2024. 11. 2.

# 계절을 이어주는 다리

맑은 새벽이슬이 공들여 닦아 놓아
보석같이 아름다운 단풍잎을
몇 날 며칠 늦가을 햇살이 녹여 먹고
달빛이 갉아먹어 빛 바래지면
세월은 바람을
불러와 타작을 해간다
찬바람이 촘촘한 그물로
온기를 싹쓸이하면
탈춤 가면 놀이는 끝나고
세상은 진실의 거울 앞에 선다
저물어 가는 늦가을 밤은 깊어 고요한데
달빛에 사그락거리는
꿈꾸는 갈대의 몸부림 소리는
청둥오리 밤잠을 깨우고
물속에 빠져 허우적거리고 있는 달을 건지려
물속으로 풍덩 뛰어들고
물결이 어둠을 한 꺼풀 두 꺼풀 벗기면
가마솥 소죽 끓어 입김 새어 나오듯
하얀 안개는 온천 수증기 폭발하듯
뭉텅뭉텅 솟아오른다

2024. 11. 3.

# 감 홍시

강물이 합류하듯
늦가을과 초겨울 계절의 만남은 낯설다
서로가 어색한 분위기를 햇살이 사이사이 끼어들어
기계 기어 이빨같이 부드럽게 계절을 이어주고
밤낮에 기온 차이는 무심한 푸른 나뭇잎이 놀라
필살기 오색 단풍 색깔로 깜짝 놀라 변하고
흘러가는 강물도 고기압 저기압같이
궁합이 잘 안 맞는지 황소 달구지 끌고 오르막 오르듯
거침 입김을 토해내며 힘들어한다
강둑 따라 쭉 늘어선 강태공 갈대숲은
저마다 월척을 낚아 힘들다고 엄살을 부린다
이슬방울을 잔뜩 매달고 용쓴다고 등 허리가 휘어 있고
이슬은 살아 볼 거라고 대롱대롱 매달려 몸부림을 친다
대문 문설주 기둥 삼아 기대어선
할아버지 집 키 큰 감나무 감은
계절이 익어 들어 홍시가 되어
주홍빛으로 눈치코치 사인을
주어도 할배 할매는 일손이 없어 수확 못 한 홍시는
시간이 세월을 덧칠하니
속이 상해 식초가 되어 자기 마음 몰라준다고
땅 등짝을 때리면 눈물방울을 떨구는구나

2024. 11. 4.

# 어미 닭과 병아리 기도

하늘과 땅을 가득 채운 안개는
귓속말로 속닥거린다
귀가 솔깃해진 오색 단풍은
몸과 마음이 들떠 웅성거리고
무엇 때문에 그랬더냐? 물어보니
바람에게 물어보라고 선문답을 한다
즉답은 안 하지만 나는 살아온 경험으로
그 말뜻 알 것 같네
이슬에 젖은 단풍 빛깔이
어제보다 더 곱구나
서리 오기 전 막내둥이 꽃이라고
노란 호박꽃이 작은 꽃을 피워
새벽별같이 스펀지 물 빨아들이듯
한눈에 확 빨려 들어오고
꽃 귀한 시절에 피어나 마음에 와닿는 것은
찬 기운에 역경을 이기고 핀 꽃이라
감동을 주는 듯싶네
청계닭이 닭장 밖을 훨훨 날아
들락날락하더니
어제는 병아리 형제자매 한 무리
대가족을 거느리고

그림 속에 주인공처럼 당당히 나타나
존재감을 알리니 놀라움이고
병아리알 속에서 말을 배웠는지 글을 배웠는지
태어나자마자
어미가 꼬꼬 거리니
품속으로 숨어들고
병아리가 삐악거리니
뭘 원하는지도 척척 알아듣고
평범한 자연에 하루 일상이지만
알고 보면 알아갈수록
신기하다 신기해
어미 닭이 걸음을 옮기며
꼬 꼬 꼬 거리니
한눈팔고 놀던 병아리들 우르르
몰려들어 따라가고
찬바람에 태어난 가을 병아리
약골이라고 옛말이 있는데
건강하고 튼튼하게 잘 자랐으면 좋겠네

2024. 11. 4.

# 할배 할매의 가을날

푸른 하늘에 작은 구름은 돛단배 바람에 밀려가듯
물결치는 대로 흘러가고
기왓가마에 기왓장 구워내듯
가을 햇살이 단풍잎을 쉼 없이 구워낸다
늦가을 타작마당 독차지하고
널어놓은 콩 댓속으로 햇살이 파고드니
하안거 동안거 뒤에
깨침 얻어 오도송을 읊조리며
나오는 수행승 득도 소리같이
콩이 콩깍지를 열심히 도끼질해
탁 쪼개며 튀어나오는 콩알에
깨침 소리는 가을 노래를 부르며
제 갈 곳을 찾아
구슬이 구르듯 시간에 낚여 굴러가고
어제 단맛을 본 산 까치는
그 맛을 못 잊어 어제 배불러서
다 못 먹고 남겨두고 간
홍시 먹으려 찾아들어
친구에게 어서 와 같이 먹자고
자기가 주인인 듯 인심을 쓰네
오후 햇살에 나물 한 소쿠리 담아놓고

할배 할매가 미나리나물을 다듬으며 주거니 받거니
주고받는 대화에 깨소금이 묻어나고
고소한 웃음소리를 겨우살이 식량 하겠다고
개미네 대식구들이 다 모여들어
하나도 남김없이 이고 지고 기분 좋게
줄지어 개미집으로 가네

2024. 11. 5.

# 곶감과 차

오르막을 오르듯 아침햇살은 시간의 언덕을
가을 산 단풍놀이 가듯 즐거운 마음으로 오르고
아침밥 든든하게 챙겨 먹은 참새는
무슨 일로 밤을 새웠는지
밤에 못 잔 부족한 수면 채운다고 꾸벅꾸벅 졸고 있다
유목민같이 계절 따라 이동하는 철새는
한 계절 잘 살고 가겠다고
새로운 웅덩이에 둥지를 틀고
이사떡이라도 돌리는지
이웃에 자리 잡고 사는
까치, 까마귀도 반갑다고
통성명 인사라도 하는지
화기애애한 웃음소리는
갈대 숲속 넘어 강둑까지 굴러간다
앞집 할매 할배는 잘 익은 감을 따와
농주 한잔 나누어 마셔가며 담소를 즐기며
곶감 깎는다고 시간을 보내고
가을 햇살이 굽고 달빛에 찬 서리가 간을 맞추면
천하일미가 되어 더도 덜도 아니고
만족할 만큼 잘 익으면
이웃지기 내 몫도 챙겨주려나

생각만 해도 침이 꼴까닥 넘어가고
이참에 나도 된서리가 와
세상을 바꾸기 전에 감국화 꽃잎을 따와
향기와 몸에 좋다는 차를
가을 햇살이 기다려 줄 때 만들어 볼까?

2024. 11. 6.

# 된서리

올여름은 유난히 덥고 길어
가을은 어른 발 한 발 만큼 짧아져
찬 기운이 몇 번 들락날락 안 했던 것 같은데
절기는 입동을 찾아들고
기러기 등에 실려 내려온 북풍의 입김에
간밤에는 달빛마저 추워서 떨었고
온도계는 땅에 닿을락 말락 1도로 내려가더니
소금밭 같은 하얀 첫 된서리가 온천지에 내려
온 들녘이 소금밭으로 변해
왕소금이 뒹굴 듯 서리가
물가에 개구리 모양 와글와글하고
아침햇살에 부딪혀 불꽃이 일어나 반짝인다
된서리 한 방으로 어제의 삶에 전쟁은
핵폭탄 같은 단 한 번에 된서리로
정지된 화면처럼 초목에 잎은
산자에서 죽은 자로 변하고
천지는 개벽한다
시냇물은 하얀 입김을 토하고
어미 품 떠난 올봄에 부화한
작은 왜가리 새끼 세 마리가
온기를 찾아 날아들고

있는지 없는지 몰라도
아침 찬거리 찾아 물속에 숨어 있는
미꾸라지 붕어를 찾아 더듬고
젊음에 혈기가 넘치는
깨끗하게 윤기가 나는 순백에 털이 더 돋보인다
김장밭 무, 배추는 군기 든 훈련병처럼
얼어서 숨도 안 쉬고
풀 먹은 광목처럼 뻣뻣하게 서 있구나
삶과 죽음을 나누는 계절에 경계선 서리는
참 무섭구나
경계선을 기준으로 사막과 초원만큼
큰 차이를 보이는 다른 세상
문득 생각난다
며칠 전에 만났던 개구리는
땅속 굴로 잘 찾아가
잘살고 있는지
걱정 아닌 걱정이 되네

2024. 11. 7.

# 낙 엽

찬 기운에 손이 시려 잡았던 손 놓으니
단풍은 낙엽 되어 이별의 노래를 부른다
가을 하늘이 읽어주는
단풍잎이 떨어지는 동화 같은 이야기에
별빛 달빛의 감동에 눈물방울은
이슬이 되어 떨어지고
닭 모이 주워 먹듯
찬 기운이 얼른 주워 먹어
손 빠른 야바위꾼 속임수 쓰듯
서리로 바꿔치기하고
서리 맞은 단풍잎은
아편 맞는 노숙자처럼 삶에 의욕의 손을 놓아
단풍잎은 낙엽 비가 되어 쏟아지고
거리에 수북이 쌓이면
은행 창고에 돈 찾으러 온 사람
돈 내어주듯 부는 바람이
원하는 만큼 가져가게 놔둔다
아직도 핏기가 남은 예쁜 낙엽을
바람이 축구 공놀이하듯
재미있게 가지고 놀다 예쁜 색깔마저
말라버리면 헌 신발 버리듯

아무 곳에나 버리고 간다
시간이 읽어주는 세월에 소설 이야기는
단막극이 이어주는
장편 일생 극이다

2024. 11. 7.

# 입동과 국화

저녁노을이 어둠에 희미해져 가듯
오색 단풍은 찬 기운에 기가 죽어 오그라들고
오늘 절기가 입동이네
입동 지난 나뭇잎은 환갑, 진갑
다 지나간 퇴물이 되고
단풍잎은 추풍낙엽이 되어
이름도 없이 불꽃처럼 사그라든다
계절의 한 획 입동
썩어도 준치라고
이름값 한다고 된서리가 내려
온 들녘이 고슴도치 털 세우듯
서리는 각진 날을 세워
아침햇살에 맞서고
반짝이는 그 위세에
기세 좋던 초목도 엉금엉금 기어서 간다
추워서 움츠린 백로에 모습은
마음이 아플 만큼 더 야위어 보이고
나도 추워서 겨울은 싫은데
눈치 없는 내 말이 끝나기도 전에
겨울은 벌써 내 옆에 서 있다고
옆구리를 꾹꾹 찔러온다

커피포트 물 끓어오를 때
물거품 일어나듯
국화꽃 송이는 불쑥불쑥 튀어나와
버스 지난 뒤 손을 든다
시간은 기다려 주지 않고
냉정이 제 갈 길만 가고
국화꽃 다 피었다 질 때까지
좀 참아주면 좋겠는데
아니면 국화꽃이 마음을 바꾸어 먹고
한 열흘쯤 빨리 피어나면 좋을 텐데
황소고집 겨울이나 선비 같은 국화 고집이나
양보 없는 시간 다툼에
꽃을 가꾸는
주인 마음만 속이 상하네

2024. 11. 7.

# 낙엽과 황혼

뒤돌아보면 아득히 먼 길 같은데
어느 순간에 끝자락에 와 있고
그 끝은 새로운 시작으로 이어주고
시작의 끝은 또 다른 처음을 물어 나른다
세상은 일 년을 주기로 사계절을 실어 나르고
똑같은 계절도 해마다
그 모양 다르고 그 느낌이 다르다
바람이 불지 않는 곳에는 변화가 없다
시간의 변화에 곡식도 익어가고
인생 그릇도 만들어져 간다
운 좋아 상승기류를 타면
하늘 높이 솟아오르고
운 없이 하강기류를 타면
늘 바빠도 소득이 없고 햇살이 날개를 접으니
눈치 빠른 기러기는 슬슬 하루 일을 접고
오늘 저녁 편안하게 숙박할 곳을 찾아
해 저물어 가는 하늘을 나르고
뒷산 그늘은 손자가 잘못 쓴 글 지우개로 지우듯
앞산 햇빛을 조금씩 시간에 흐름만큼 지워가며
앞산을 오르고
어둠은 산 그림자를 지워가며 땅을 차지한다

하룻밤 지새우고 나면
어느 단풍잎이 붙어 있고 어느 단풍잎이 떨어져 낙엽 될까?
하나, 둘 떨어지는 화려했던 단풍잎이
낙엽 되어 가는 것 보니
70고개 바라보는 내 인생이 괜스레 서글퍼지네

2024. 11. 8.

# 늦가을 안개와 추억

호수의 물속처럼 세상은
안개 속에 잠기고
나는 중간치 물고기가 되어
헤엄치듯 걸어가고
승용차 작은 화물차는 상어 같고
대형 트럭 버스는 고래 같아
힘센 그들이 달려갈 때
방해가 안 되게 안전을 위해
옆으로 비켜선다
약육강식의 세계 살아가면서
살아날 방법을 터득해 가고
부족한 것은 경험과 지식을 통해 배운다
아침 안개가 한번 쓸고 가면
어제 못 보던 국화꽃 봉오리에
알사탕이라도 하나 물리고 지나갔는지
꽃봉오리는 햇살에 꽃잎을 벌린다
세상을 한 바퀴 돌고 난 안개는
기대감으로 설레게 하고
안개는 햇살을 피해
단풍잎 떨어진 낙엽을 밟으며
어디로 가는지 몰라도

늦가을 안개는 내일 아침에 또 보자는
인사만 남기고 나비 날갯짓하듯
나풀거리며 날아가고
자꾸 엷어져 가는 안개 뒷모습을
멍하니 바라보고 있으니
아침 커피 한 잔이 당기고
병아리 물 먹듯 한 모금 먹으니
갈증이 해소되고 마음에 여유가 생기니
온갖 생각이 차창 밖을 스치고
지나가는 늦가을 풍경처럼
한참 지나온 추억 속에
너 생각에서 고장 난 시계처럼
딱 멈추어 선다
너 생각이 나서 눈물이 나는지
눈물이 나서 너 생각이 났는지
나도 모르겠지만 전후사가 바뀌는지 몰라도
너를 보고 싶은 마음은 똑같네
나이 들어가면
추억을 먹고 산다고 하더니만
그 말이 진짜인가 보네

2024. 11. 9.

# 흐린 날

맑은 날도 비 오는 날도 아닌 잿빛 흐린 날씨
온기와 냉기의 기운 다툼에 지쳤는지
날씨는 비행을 끝내고 둥지로 돌아온 새
축 늘어진 날개처럼 흐리고 무겁다
찬 기운에 영양 보급 길이 끊어진 나뭇잎은
가뭄에 말라붙은 강 웅덩이처럼 드문드문 알록달록
단풍이 물들고 잎 하나 들고 있을 힘조차 없는지
나무는 포기하고 돌아서 간다
햇살은 구름 속에서 아궁이 불씨 피우듯
애를 써 보지만 젖은 나무에 불 지피듯
햇살은 구름 속에서만 호롱불처럼 가물거리기만 하고
우중충한 날씨와 이슬에 흠뻑 젖은 땅 기운은
자석처럼 사람 기분마저 끌어당긴다
새침한 초겨울 날씨에 햇살은 꽃잎처럼 활짝 피어보려
애를 써 보지만 짙어가는 구름은 인해전술로 맞서고
우중충한 날씨와 찬 기운에 바람이 안 불어와도
낙엽은 소리 없이 수북이 쌓여가고
어미 품속에 숨어서 얼굴만 내민 병아리
초롱초롱한 눈동자에서는 세상을 다 지고 가고도 남을
희망에 열기가 있어 옛말에 하늘이 무너져도
솟아날 구멍이 있다는 속담이 있었나 몰라

2024. 11. 10.

# 사랑과 짝사랑 차이

인연은 파랑새처럼
눈에 확 뜨이게
몸과 마음을 들뜨게 하고
그 인연을 위해 화가가 되어
하루하루 색칠을 더 해
진하게 입혀간다
고구마가 익듯 알밤이 익어갈 때
구수한 향기로 때가 되었음을 알리듯
사랑이 익어 가면 보고픔 그리움으로
그때를 알리고 사랑이 하나 되면
관심은 집중되고 어디까지가
사랑이고 어느 점을 지나야 집착인지
사랑을 마음에 큰 도장을 찍는다
자물쇠와 열쇠처럼 몸과 마음이 딱 맞는 것이
진짜 사랑이고 짝사랑은 틀릴 비밀번호 같아
사랑에 문을 열 수가 없어
마음에 망치질한
멍 자국만 남는다

2024. 11. 11.

# 늦가을에 마시는 차 한 잔

밤과 낮의 기온 차이로
새벽 안개비는 아침을 흠뻑 적셔놓는다
지나가는 안개비는 나이와 같이
아무 곳에나 달라붙어 눅눅함이
짐으로 다가 와 무게를 느낀다
나뭇잎으로 풍성했던 나무가
세금 떼이듯 이 바람 저 바람
인정에 못 이겨 내어 주다 보니
털 뽑다 만 닭처럼
앙상하게 서 있는 모양이 어설프다
코스모스 피었다 질 때만 해도
마음은 의욕으로 꽉 차 있었는데
오색단풍이 하나, 둘 떨어질 때
내 마음속에 품었던 욕심들도
하나, 둘 자리를 비우고
낙엽진 나무모양 뼈대만 남았구나
태양에 각도가 더 기울어져
땅에서 찬 기온이 올라오고
낙엽마저 갈 곳 없는 실업자같이
할 일 없이 거리를 왔다 갔다거리고
늦가을 초겨울 한기가

몸과 마음속까지 파고들어
나이에 무게를 얼굴 주름살로 느낀다
냉동고 찬 기운 일어나듯
기운 빠진 몸 의욕 빠진
마음 한구석이 텅 빈 듯 휑하다
따뜻한 차 한 잔이면 그 빈 구멍
메꾸어 새싹 자라나듯
병아리 날개 힘 오르듯
삶이 충전되려나
따뜻한 차 한 잔에
내 속마음 가려지게
늙음이 부드러워지게
시꺼먼 아메리카노 커피 한 잔으로
젊은 마음으로 리모델링을 해본다

2024. 11. 11.

# 상처

아무 일 없을 때
어둠이 온 누리를 꽉 채웠을 때
안개가 천지를 뒤덮어
아무것도 안 보일 때 그때는 몰랐다
대명천지가 밝을 때
꿈이 아니고 현실일 때
사고가 일어나 통증이 아리고 쑤시고
고통으로 고문을 가해올 때
후회의 고뇌는 회를 뜨듯
심장을 종잇장 보다
더 얇게 천천히 칼질을 해온다
약 기운에 통제되어 잠시 엎드려 있던
통증이 약 기운이 조금 느슨해지면
컴퓨터 계산기만큼 정확한 계산으로
약 기운이 부족한 만큼 아픔으로 압박해
대가를 정산해 오고
신음에 소리는 화산이 폭발하듯
천둥 우레가 치듯 울부짖음이 나와
고통에 감염이 된 좀비가 되어
본능이 부르는 몸부림을 친다
시간이 만병통치약이라

시간이 어서 가기를 온종일
밤낮으로 기도도 하고
머릿속 생각으로 꽉 채워 봐도
내 마음대로 시간에 흐름을 조절하는 것은
내가 지구를 들어 올리는 것만큼 힘든 일
이러지도 저러지도 빠져나갈 방법은 없고
올무에 걸린 짐승
발악 끝에 탈진해 희미한 눈에
보이는 것 없듯이
고통이 심장을 소금으로 절여 와도
그냥 멍하니 당하며
마른 입술에 마른 눈물에
침을 꿀꺽 삼켜야 하는
후회와 반성의 시간을
광부가 광물을 채굴하듯
막장이 끝날 때까지 가야만 하는 진실만 남고
통증이 천지개벽이 일어나 멸종할 때까지
아픔에 노래는 마르고 닳도록
본능으로
통제되겠지

2024. 11. 12.

# 행 복

11월과 12월의 사이 계절은 사색에 공간을 비워둔다
행사의 준비물같이 기러기도 등장하고
단풍도 낙엽도 의미를 가지고 온다
구름이 짙어가듯 가을이 깊어져 가니
산등성이는 등산객 나들이 가듯
단풍잎은 절정에 도달하고
짙게 물든 단풍잎에 내 얼굴도 물들겠다
이렇게 저렇게 많은 사연을 간직한
이 계절도 흔적 없이 가나 보다
단풍은 옷을 벗고 나는 단풍이 벗어 놓은
옷을 하나 더 걸쳐 입는다
겨울나겠다고 참새는 털갈이하고
살이 통통하게 오른 이쁜 다리를 쑥 내밀고
암탉 사랑 독차지한 수탉은
오늘도 행복해서 노래를 부르고
안개 속에 파묻혀 갈 길 몰라 헤매던 태양도
탈출구를 찾아 얼른 뛰쳐나오고
겨울이 이 땅을 점령하기 전에
마지막 꽃송이까지 피워보려고 애쓰는 국화꽃은
혼신의 힘을 다해 용을 쓰고
그 노력이 가상한지 벌들이 찾아와

위문공연이라도 하는지 아침부터 시끌벅적 잔칫집 같네
세상은 이렇게 자기의 자리에서
최선을 다하는 삶을 사는데
이럴 때 나는 무엇을 해야
최상에 삶이 될까란 화두를 내게 불쑥 내밀고
시간은 모르는 채 제 갈 길로 간다

2024. 11. 12.

# 말 없는 세월

사랑에 멍든 가슴 고백 못 해
번민으로 밤잠 못 이루는 마음같이
붉나무 단풍은 터질 듯이
동네에서 가장 짙은 선홍색 핏빛으로 물들어
손대면 금방이라도 묻어나올 듯이 붉고
가고 없는 사람 보고픔 그리움이
인내의 눈금 끝까지 오른 은행 나뭇잎은
고민이 깊어져
마음속 깊은 병이 되어
우황 든 황소같이 노랗게 뜬 마음
더 이상 지탱 못 하고
참다가 쏟아지는 눈물방울 떨어지듯
흘러내린다
산굽이 골짝마다 하고 싶은 말 다 못하고
참고 살아온 고운 단풍이 억울해서
된서리 한방에 낙엽이 진다
층층이 쌓인 낙엽 위에
별빛도 쉬어가고 달빛도 쉬어가면
눈꽃처럼 하얀 서리는
이불이 되어 곱게 덮어주고
삶에 숙제를 던지고 간 시간은

한 해를 다 살아도
잘했다 잘못했다는
말 한마디 안 하고
그냥 지나가네

2024. 11. 13.

# 특별한 행운

늦가을 끝자락 햇살을 부여잡고
갈 길 바쁜 국화꽃은 누에 실 뽑아내듯
아쉬운 만큼 짧은 늦가을에
애틋한 정취를 뽑아내고
산그늘이 호수를 메꾸어 오면
하루 일 나갔던
물오리 청둥오리 기러기들이
자기들끼리 모여 하루해를 즐겼던
이야기로 희희낙락거리고
단풍잎이 물결에 헤엄쳐 오니
물고기인 양 얼른 낚아채고
빼앗길까 봐 줄행랑을 놓는구나
단풍이 낙엽이 되어 산 오솔길을
비단을 깔듯이 곱게 깔아 놓으면
밤눈 어두운 산 짐승들
밤마실 다니기가 참 좋겠네
등불이 밤길을 밝히듯
시간은 계절을 안내하고
부는 바람에 상승기류를 타고
공중으로 힘차게 날아오르는
운수 대통 낙엽은

아마도 하늘이 선택한
특별한 인연이 있었나 보다
누구나 살면서 특별한 행운을 기대해 보지만
마음에 바램일 뿐이고
현실은 모두 다가 거기서 거기다
서산에 해 넘어가자
기다렸다는 듯이
어둠이 판을 깔고
가로등 불 들어오듯
하늘에 상현 달빛이 켜지고
크리스마스트리에 붙어 있을 듯싶은
작은 별들이 드문드문
바람에 꽃가루 날리듯
별빛 가루를 뿌리고 있네

2024. 11. 13.

# 뭔가를 기다리는 마음

눈에 보이지도 만져지지도 않는 가을은
나뭇잎에 묻어 들어
그 모습을 나타내고
명암에 차이로 계절에 깊이를 말한다
가을은 손님처럼 온 산하를
한 바퀴 돌고 나면 봄날 개구리들이
물 논에서 삶에 찬가를 밤이 다 지새도록
청춘에 노래를 한마음이 되어
소리 높여 합창하듯
단풍은 짝을 지어 산천을 아이들 가을운동회
카드 섹션 공연하듯
고운 빛깔의 깊이로 가을을 움직이고
가을 빛깔은 저녁노을이 물든
하늘처럼 이쁘기만 하고 저녁노을이 질 때
아이는 애틋한 보고픔으로 엄마 기다리듯
단풍은 혼을 빼 갈 만큼 한없이 짙어
고고한 저녁 달빛을 유혹하고
가는 세월 아쉽고 오는 계절 반갑다
올해도 세월은 거북이 등을 타고
느린 듯 빠르게 연말을 향해
엉금엉금 기어가고

올 한 해가 다 가기 전에
내 마음에도 단풍잎만큼 저녁노을만큼
아름다운 기억으로 남을
뭔가를 기다리는데
마음속에 가려진 그 무엇인가는
뜻만 품고 있는지 아직도 꿈속을 헤매는지
앞산 대나무 숲에서 금덩어리 굴러 나오듯
가을 달은 솟아 중천을 향해 내달리는데
아직도 못 떠오는 걸 보니
그 마음이 덜 영글어
나타날 때가 이르지 못했나 보다
단풍잎은 사랑을 찾아
누가 불러 답하듯이
세상 속 어디론가로
바쁜 걸음으로 달려가는데
뭔가를 기다리는 가슴에는
기다리는 손님은 아니 오고
찬바람만 내 가슴으로
파고드는 가을 달이
외로운 밤이로구나

2024. 11. 15.

# 사랑이다

모든 것이 그리웁고 보고파지고
만사가 아름다워진다
좋은 것만 보이고 느껴진다
너 생각만 해도 강물이 흘러들어 오듯
행복이 몰려와
마음을 꽉 채워주는 것
내가 너를 향해 창을 열고
네가 나를 향해 창을 열면
아침 햇살 한가득 뛰어들 듯
사랑이 몰려와
우울한 마음 싹 쓸어내고
꽃이 피고 새들이 노래하는 낙원으로
내 마음이 바뀌고
모든 일이 안 되는 일 없이
마음이 다 받아들이고
세상일을 손바닥에 올려놓을 만큼
용기가 생기네
너를 사랑하는 마음으로
또 꽉 채우니 내가 세상에서
제일 잘난 사람이 되고
너는 세상에서 가장 귀한 사람이 되었네

사랑 사랑 그것참 좋은 것
사람들아 행복해지고 싶거들랑
어디 가서 사랑 한 자락 쓱 베어다가
장판 깔 듯 마음 바닥에 깔아보세
도깨비방망이처럼 원하는 것
저절로 이루어주는 마술에 힘이 있네
고운 단풍잎을 마주 보고 선
저녁노을이 이뻐서
부러운 눈길을 보내는
초저녁 달빛에 향기처럼
사랑은 느낌에 긴 여운을 남기고
너와 내가 마주 잡고
단풍 깔린 길을 처음 걸을 때
사그락거리는 발자국 소리 속삭임같이
달콤한 이 순간 내가 사랑하는 마음은
너 마음속으로 흘러가 쌓이고
네가 사랑하는 마음은
내 마음속에 쌓인다
네가 내가 되고 내가 네가 된
이 마음이 사랑이다

2024. 11. 16.

# 서리와 겨울

시간은 시계태엽을 감듯
햇살을 감아올려
시간에 오고 감을 조절하고
흐르는 세월은 순풍에 돛을 단 듯
노랫가락 흘러가듯
부드럽게 계절과 계절을 이어 붙인다
밤새도록 탐관오리같이
초목에 눈물을 짤아 낸
찬 기운은 하얀 서리를 만들어
땅에는 이불로 덮어주고
낙엽 진 나뭇가지에는
눈꽃을 가져다가 붙여주고
도깨비 장난하듯
세상을 이쁘게 바꾸어 놓고
사람들을 깜짝 놀라게 하고
삼라만상에 잠을 깨운 아침햇살은
반짝이로 수놓은
서리 이불을 천천히
세상 안 놀라게 걷어가고
새벽 추위에 발이 시린 왜가리는
한 발로 중심을 잡고 말뚝인 듯 미동도 없이

논둑에 서서 야윈 몸매를 햇살로 채우듯이
햇빛을 빨아들이고 있다
할 일이 있는데 추워서 몸이 움츠러들어
이 핑계 저 핑계 다 둘러대며
껌딱지같이 따뜻한 방 안에
구들장이란 한편이 되어 붙어 있다
심심함이 좀을 쑤셔 올 때까지
뭉그적거리고 있다가
동네 참새들이 모여들어
온갖 세상 소문 수다를 떨다
수매하겠다고 쌓아놓은 벼 포대기 뚫어
나락 껍질이 나풀나풀 마당을 쓸고 다니면
내 몫 없어질라
부랴부랴 뛰어나가
참새 쫓는 허수아비
시늉을 하네

2024. 11. 18.

# 만추의 호수

만추의 계절이 깊어져 가는 휴일날 오후
가을 햇살은 어디로 갔는지
꽁지도 안 보이고
비가 올 듯 말 듯 한 날씨에
찬 바람마저 잊힐까 봐
간간이 품속을 파고드니
찬 기운이 몸속까지 파고들어
산책하는 발걸음은
무거운 짐을 지고 가듯 무거운데
추워서 발걸음은 빨라지고
심장이 돌리는 숨 가쁜 펌프질에
입김은 하얀 분필이 되어
허공에 추상화 그림을 그리고
단풍으로 물든 나무는
호수에 그 모습 그대로 그림을 그린다
호수에 물빛은 거울인지 빛이 나고
술 한 잔에 얼굴이 달아오른 새색시 모양
은행 단풍잎은 노란 물감에
빠졌다 건져놓은 옷처럼 단풍이 절정이고
지나가던 실바람이
장난으로 툭 건드리기만 해도

우두둑 쏟아져 땅은 단풍 비에 흠뻑 젖는다
비행기 활주로같이 넓은 호수에
비행기 뜨듯 물장구를 치며
힘차게 달려 나가는 큰 기러기
마침내 물에서 발이 떨어지고
큰 날개로 바람을 불러 모아 비상하고
호수를 찾아드는 새는
공수부대 낙하산 타고 낙하하듯
물결 위를 미끄러지듯 스키를 타듯이
부드럽게 스르륵 내린다
공항에 비행기 뜨고 내리듯
철새가 뜨고 내리는 호수에는
잔물결이 쉼 없이 일어나
뉴스 속보 전하듯
철새들이 들고 나는 소식을
실시간으로 전하고
가을 풀씨는 찬바람을 타고
이별에 잔치를 벌이며
생사에 춤을 추며
날아가는구나

2024. 11. 18.

# 빈 집

오래된 기와지붕 위에 군신같이 널어 선 와송이
부는 바람에 씨앗을 날리고
권세가 정승이나 천석이나 만석이나
했을 듯한 명당자리에 호랑이가 엎드려 있는 듯
위용 있는 몸체 아래채 사랑채 곳간 등
여러 채를 거느리고 있는 오래된 집
품새가 남다르고 마을 정자나무보다 더 나이를 먹은 듯한데
아직도 번성했던 시절 기백 하나로 버티고 있다
집을 둘러싼 돌담은 장인에 기술로 쌓아 올려
공이 들어서 그런지 아직도 성벽처럼 견고한데
세월에 때가 묻어 자라난 돌이끼도 살고
동아줄과 같이 굵은 담쟁이가 흘러간 세월에 길이를 말한다
담벼락을 기대고 선 허리 굽은 큰 소나무도 살고
동네 소문 다 전해 주는 키가 큰 은행나무 느티나무는
절간에 신장처럼 골목길을 지키고
오늘도 집 떠나간 주인을 기다리고 있다
먼 길 떠나간 남편 언제 돌아올까?
가슴 애태우며 이쁘게 화장하고
호롱불 밑에서 기다리는 새색시 마음같이
행여나 언제 불쑥 찾아올지 모르는 주인 기쁘게 하려고
올해도 고운 단풍 물들어 정성을 다해
이쁘게 이쁘게 꾸며 주인 올 날을 기다리고 기다리며

지키고 서 있다 하늘이 정한 법도에 따라
된서리는 밤새도록 내리고
그 눈물방울은 단풍이 낙엽 되어 뚝뚝 떨어지더라
삼국 시대부터 주워다 놓았는지
조선 시대부터 다듬어 놓았는지
오르고 내린 발자국에 닳은 섬돌엔 신발 한 켤레도 없고
지나가던 바람이 벗어 놓은 먼지만 가지런히 놓여 있고
옛날에는 여기가 살기 좋아 개미집 짓듯
옹기종기 모여 살았는데 지금은 홀라당 다 비워 놓고
새끼 부화하고 떠난 빈 둥지가 되었네
세월이 변하고 인심도 변해도 화려했던 꽃이 질 때
부귀영화를 잃어버렸을 때
사람이 모두 떠난 넓고 큰 빈집이
허전한 사람 마음 바닥 끝까지 생각을 끌어당긴다
짐 떠난 주인이 돌아올까 봐
기다림으로 돌담을 몇 바퀴 돌고 돌아
일편단심 기다림이 마음에 병이 되어 붉은 피를 토하듯
진한 붉은빛으로 물든 담쟁이는
단풍잎 한잎 두잎 떼다가 혹시나
기다리던 주인에게 그 마음 전해질까 봐
지나가는 시간에게 그리움 보고 싶음이
빽빽한 편지를 부친다

2024. 11. 19.

# 가을은 가고

새가 나뭇가지에서 날아오르듯
바람이 안 불어도 나뭇잎은 떨어지고
눈이 온 듯 하얀 된서리가 들판에 깔리니
날짐승도 들짐승도 사람도
생존에 경쟁이 없는 빈 들판이다
구들장 방 데우듯
아침햇살이 열기로 서리를 녹이면
개미 일 나가듯
생명들에 삶 이야기는 시작되고
참새 소리도 들리고 닭 우는 소리도
삶에 활력을 불어넣는다
사람 사는 곳에
소도 있고 닭도 있고 개도 있어
사람과 동물들이 함께 어울려 삶을 합창할 때
땅은 훈훈한 온기를 품어내고
함께 숨 쉬는 공간은 생기가 넘쳐
건강과 행복을 불러온다
단풍잎은 선물을 갖다 놓은 듯
잔디 위에 곱게 놓여 있고
선물 받은 잔디는
단풍잎 빛깔을 닮은 색깔로

곱게 물들어 가고
자식 대신 아버지 어머니 산소를 지키는
국화꽃은 늦가을날 찬 서리가 내려도
아직은 견딜 만하다고
씩씩한 모습으로 반갑다고
꽃잎을 활짝 피우고 말을 걸어온다
한두 번 된서리에 초목들은 가던 길을 멈추고서
살아온 날 뒤 돌아보고
이별에 헤어짐을 가지네
해마다 가을은 늘 마음 아픈 시련을 준다
매해 당해 보는 아픔이지만
적응은 잘 안 되고 이별의 상처는
해마다 크기를 더해 도지고
보내는 마음은 깨진 유리창처럼
늘 썰렁한 찬 바람이 분다

2024. 11. 20.

# 오늘에 각오

오색 단풍빛깔이 곱던 감나무잎은
지난밤 된서리에
지난 봄날 밤중에
울고 떠난 소쩍새 모양
간밤에 맥없이 떨어지고
뼈대만 남은 가지에
드문드문 까치밥으로 남은 홍시 속으로
아침햇살이 속속 파고들어
대장간에 잘 달구어진 쇠보다
더 붉은빛으로 타 올라
빛이 나는 이쁜 모습은
십 리 밖에서도 보이겠다
창문에 부딪혀 깨지는 햇살 알갱이가
찬 기운을 하나씩 둘씩 물어 간다
소문 듣고 왔는지
지나가다 우연히 마주쳤는지
산에서 왔는지 들에서 왔는지 모를 물까치는
할아버지가 서운할까 봐
남겨둔 까치밥 홍시를
아침밥으로 한입 깨물고
혀끝에 맴도는 단맛에

기분이 좋아 배시시 웃는다
간밤에 추위에 떨다가
따뜻한 햇살이 반가워 만세를 부르는지
기쁨이 꽉 차 봇물 넘치듯
기분 좋은 목소리로 오늘도 살아서
세상 빛을 봐서 좋다고
수탉이 노래하는데
무사 무탈하게 오늘을 살아가는 나도
같은 기분이네
간밤 된서리가 무거운지
차가운 기운에 떨리는지
활짝 핀 국화꽃 얼굴은
힘이 들어 찡찡거리고
역경을 딛고 젊은 청춘 꽃봉오리는
햇살을 응원받아 힘차게 꽃잎을 내민다
사람들 생과 사는
심장이 뛰고 안 뛰고로 갈리고
초목에 생사는
된서리 몇 번으로 결정되는구나
오늘도 살아 있음에 감사하고
행복한 마음으로 열심히 살자

2024. 11. 21.

# 가는 세월

단풍잎은 나를 보아 달라고 뽐내고
낙엽은 세월이 흘러감을
시계 알림 소리로 들려주네
창밖에 조잘대는 참새 소리는
어제 조잘대던 소리와 똑같은데
오늘 노래하는 참새는
어제 그 참새인지 모르겠네
낙엽이 쌓여가듯 하루하루가 쌓여
한 계절이 뭉쳐지고
봄, 여름, 가을, 겨울
시간이 4단 뛰기를 넘으면
암탉이 알을 낳듯
나이 하나 뚝딱 만들어
살아온 선물이라고 안겨 준다
젊을 때는 세월아 어서 가자고
앞에서 끌어당겼는데
이제는 세월아 천천히 가자고
뒤에서 끌어당기네
오고 가는 세월은 말도 없고
내 몸은 알게 모르게
세월에 때가 곳곳에 묻어

삐그득 삐그득 잡음을 낸다
오늘도 쉼 없는 시간의 재촉에
태양은 중천을 향해
걸음을 뗀다

2024. 11. 22.

# 낙엽과 왜가리

추운 날씨에 고민이 많았는지
지붕은 머리가 백발로 변하고
봄, 여름내 애쓰며 알뜰살뜰 쌓아왔던
부귀영화를 누리던 나뭇잎은
세월의 꼬드김에
예쁜 단풍으로 단물 다 빼고
찬 서리 한두 번에
전 재산 홀라당 다 털리고
알거지 꼴로 거리에 서서
동냥을 구걸하고 서 있는 나무
참 낯설어 보이고
보이지 않는 시간의 흐름이
보이는 순간이다
가진 것 다 빼앗긴 낙엽은
끈 떨어진 연이 되어
이리저리 기웃거려 봐도
사람들은 눈길조차 주지 않고
관심 못 받는 낙엽은
바람이 쓸어다 쓰레기 모양
한곳에 모아 놓는다
커피집 주방에서 더운 입김을 쏟아내고

흩어지는 구수한 커피 향이 달려와
욕구를 자극해 손잡아 이끈다
추운 날 원군 따뜻한 커피 한 잔이
목줄을 타고 내리면
배 속에 온기가 자리를 잡고
온기는 몸 구석구석을 찾아
냉기를 몰아낸다
죽자 살자 달려드는 추위 떨구어 내고
내 갈 길을 나선다
냇가에 흐르는 물은
밤사이 먼 길을 달려온다고
힘이 많이 들었는지
황소 입김을 쏟아내고
명당을 잡았다고
밤새도록 자리를 지키고 서 있었는지
깃털에 얼굴을 묻고
외다리 자세로 줄고 있는지
차가 지나가도 사람이 지나가도
득도했는지
왜가리는 미동도 없네

2024. 11. 22.

# 늦가을 밤

가을 햇살에 잘 그을린 단풍잎은
이쁨으로 짝을 이루는
저녁노을과 손을 잡고
서산마루에 올라선다
이쁜 여자가 웃는 입술같이
매력적인 늦가을 날
초승달이 반갑다고
마중 나와 웃어주고
노란 국화꽃 향기에 홀린
밤이슬은 하얀 서리로 익어가고
화롯불 따뜻한 온기에
할머니 옛날이야기 녹아가듯
만추에 계절은
진눈깨비 짙어가는
하늘같이 깊어져 가고
할아버지 깊어진 주름살 속에
삶의 지혜가 숨어있듯
밤하늘에 어둠이 한 꺼풀 덮이니
별빛이 묻어난다
사람 사는 동네에
불빛이 눈을 뜨면

그 불빛을 등댓불 삼아
밤 기러기는 길을 잡아
하룻밤을 지새울 둥지를 찾아
만추에 밤하늘 속 깊이
날아가는구나

2024. 11. 23.

# 하루 햇살

동녘 산을 솟아오른 아침햇살은
생 기운을 한가득 싣고 와
겨울과 어깨동무를 하고
하얀 서리가 곱게 깔린 들녘에
첫걸음을 떼고
묘사 떡 나눠주듯
세상 만물에 활기찬 기운을
모두 다 나눠주고
저녁노을이 찾아들면
빈 깡통으로 서산을 넘어가겠지
까치밥으로 남은 홍시는
날 짐승 기다리다가
지쳐 힘이 빠졌는지
꼬투리가 빠져 땅으로 떨어져
늦가을은 지나간 발자국을 남기고
한발 늦게 도착한 겨울새 굴뚝새는
그 발자국에 고인 단물을 빤다
한물간 빛바랜 낙엽은
쓸어 모아져 한곳에 모여
연기로 소천하고
계절은 지나간 흔적을

하나씩 지워가고
지워진 빈자리에 새 상품 진열하듯
계절은 하나, 하나 구색을 갖추어 간다
오늘도 하루 햇살은 인생의 노트에
하루 일을 빼곡히 적어가는구나

2024. 11. 24.

# 사랑의 시작

늘 지나간 계절은 아쉬움을 준다
시간이 짧아서 그런 걸까?
욕심이 많아서 그런 걸까?
알 수는 없지만
국화꽃이 다 피기도 전에
찬 서리는 내리고
기러기도 날아든다
겨울새 따라 내려온 북풍은
단풍잎을 떨구고
기세가 오른 찬바람은
가로등 불마저 따겠다고 매달리고
구름마저 밀어낸
푸른 하늘에 하현달은
놀란 토끼 모양 눈을 동그랗게 뜨고
깨끗이 닦아 놓은
유리창에 비친 얼굴처럼
서리에 비친 새벽달은
아이들 눈동자만큼 초롱초롱하다
호수에 빠진 돌멩이가 헤엄칠 때
수많은 잔물결이 파도를 타고
양 사방으로 번져가듯

새벽닭 울음소리가 어둠에
벽을 뚫어 구멍을 내고
양 사방으로 밀어내면
어둠은 새벽안개 속에 녹아들어
슬금슬금 기어가고
시간이 월척 태양을 낚아 올리면
추위를 녹이는 아침햇살은
뜨개질한 옷 실 풀려가듯
슬슬 풀러 가 하루를 시작한다
바쁜 시간 속에 오다가다 인연이 닿으면
만남을 약속하고
사랑이 시작되면
너의 고운 말소리
따뜻한 미소는
내 마음을 한올 한올 풀어간다

2024. 11. 25.

# 비 오는 날

늦가을 초 겨울비가
토닥토닥 내린다
멈추어 선 시계처럼
정전된 전구처럼
일상은 멈추어 서고
시장 바닥에 팔려고 나온
수탉 어리둥절해 눈망울만 굴리듯
멍때리고 있으면 봄날 꽃이 피듯
철새들 먹이 찾아 날아들 듯
망상이 그리는 온갖 생각들이
좁은 머릿속을 비비고 부대끼며
자리를 틀고 앉았다가
불편한지 떠나가고 떠나간 자리를
기회라 생각하고 물 흘러 들어오듯
또 다른 생각들이 밀고 들어온다
어디서 대기하고 있다가
찾아드는지 참 신통방통하구나
늦가을 젖은 낙엽은 왜 이리 처량해 보이고
전깃줄에 비를 맞고 앉아있는
비둘기는 왜 그렇게 고독해 보일까
내 마음이 그래서 그런 걸까

알 수가 없네
기분 좋아 마음이 들뜬 우월한 기분은
호수에 돌멩이 가라앉듯
착 가라앉아 숨조차 안 쉬고
기분 전환에 뭔가 필요한데
생각나는 생각이 없네
땅 기운이 비에 젖어
못 올라왔어! 그럴까
갑옷을 입고 있는 듯
비가 오는 날은 몸은 무겁고 나른하다
이것도 날씨 탓인지
나이 탓인지 모르겠네
비 오는 날이면 괜스레
우울해지는 것은 나만의 문제일까
그것이 궁금하네
의욕은 바닥을 향해 기고
기분도 오르막 내리막이 있듯
비 오는 날은 내리막 스키를
신나게 타는 날인가 보다

2024. 11. 26.

# 겨울날

이슬이 내리다 찬 기운을 만나 서리가 되어
새벽 별빛에 말동무가 되고
기러기는 강 가운데 모래섬에
무리 지어 온기를 나누고
가로등 불빛에 밀려난 어둠은 안 보일 듯이 숨고
그리움만큼 긴 겨울밤은 지나간다
구름 사이로 아침햇살이 보내는
편지를 읽으면 힘이 생기고
호수에 잔물결은 바람이 안 불어도
사람 머릿속 생각만큼
많은 잔물결이 선거 유세하듯
몰려갔다 몰려왔다
위세를 자랑하고
강둑 따라 끝없이 널어선 백발의 갈대는
한 해를 산다고
무척이나 고민이 많았나 보다
논 가운데 작은 저수지에 홀로 앉아
낚시하는 낚시꾼은 무슨 재미로
추운 날 하루 종일 앉아있는지
궁금하네

2024. 11. 27.

# 김장 담그는 날

눈기운을 실은 초겨울 찬바람은
공놀이하듯
회오리바람을 일으켜
낙엽을 허공으로 말아 올려
참새 무리가 날아가며
벌이는 군무같이
팔랑팔랑 창공을 나르고
나르는 모습은 살아있는 듯
한순간 동안 생명을 불어넣고
계절에 옷을 벗고
널어선 나뭇가지는
피리 소리로 합창을 분다
찬 기운이 싹 쓸고 가는
꼬불꼬불한 동네 길에
낯선 차 하나, 둘 들어오고
앞집 아지매 오늘 객지 나간 딸들이 와
김장 김치 만든다고 하더니
그 집 손님인가 보다
어릴 적 맛본 맛을 못 잊어
세월이 흐르고 흘러도
꼬부랑 엄마 김장 김치 맛이 제일인가?

그 맛이 그리워 딸아이들이
뒤뜰에 선 고목 감나무만큼
나이 든 엄마, 아버지도 볼 겸
김장하러 먼 길을 오는가 보다
반가운 새 손님 온다고
까치밥 먹으러 온 까치가 밥값 한다고
꺅꺅거리며 알려주고
빈 마당에 오고 가는
활기찬 기운이 생기가 넘치고
이야기 소리 웃음 소리는
왁자지껄 사발 깨지는 소리가
사람 사는 집같이 훈기가 나네
원님 덕에 나팔 분다고
오늘 점심은 이웃집으로 마실 가
농주 한 잔에 잘 삭힌 젓갈에
매콤한 김장 김치 한 쪽이면
행복이 급행열차를 타고
목구멍 고개 넘는 소리가
꿀떡 나겠다
날씨는 비가 올는지 눈이 올는지
하늘에 큰 구름은

하늘을 다 덮고도 남았네
날씨는 새촘해 사람 몸을 위축시켜도
더불어 사는 훈훈한 이웃에 정이
온기로 삶을 지켜준다

2024. 11. 27.

# 사랑 고백

그것은 인연이었나?
필연이었나?
어쩌다 한 번 만난 후
별다른 의미 없이 헤어졌는데
그 만남이 며칠을 지나도
물 위에 뜬 부포가
파도에 가라앉았다
다시 그 자리를
지키고 있는 것처럼
한번 생겨난 너 생각은
꼬리에 살을 부쳐
눈송이 쌓이듯 쌓여만 가고
어떻게 지냈는지 궁금증으로
나를 물고 흔들어 댄다
한번 생각으로 떠오른 너 생각은
잊혀지지도 없어지지도 않는
불사조가 되어
내 앞을 가로막아 서있고
바람에 돛단배 밀려가듯
너에게로 내 마음 밀려간다
그리운 마음 보고픈 마음은

파도처럼 쉼 없이 다가오고
우연을 핑계로 애태우며
기다림보다 보고 싶은 생각 하나로
너를 만나 차 한 잔을 마주 보고
따뜻한 기운에 마음을 녹여
그 마음 속살을 너에게 보여주고
눈빛으로 사랑을 고백해 본다
너에게 내 마음 전하고
손 한번 잡아보니
너의 따뜻한 마음이
내 마음을 한 바퀴 돌아
전기가 통했는지
좋아하는 마음이 생기고
너와 내가 한몸이 된 듯
너 생각이 내 생각 속에 자리를 잡고
어느새 내 모든 걸 다 내어주어도
아깝지 않은 걸 보니
내가 너를 사랑하는 마음이
생기고 있나 봐
사랑하는 마음이 자리를 잡으니
세상 모든 것들이

다 이뻐 보이고
안 되는 일이 없어 보이네
하루 종일 행복만 가득 차 넘치고
희망에 꿈이 수를 놓는다
하느님이 천지창조를 했듯이
사랑이 내 마음에 개벽을 이루었네
사랑 그것은 참으로 인생의 삶에
제일 귀한 물건이듯 싶네그려

2024. 11. 28.

# 콩 삶는 날

단풍은 겨울바람에
낙엽의 노래를 부르고
기러기는 찬 서리에
겨울 노래를 부른다
가을에 혼 국화꽃은
마지막 정열을 태우고
농번기 끝에 준비하는
겨우살이 반찬에 왕초 메주콩을 삶는다
가마솥에 들어앉은 메주콩은
뜨겁다고 돌아눕고
홍수 난 강물처럼 불길은 사정없이
요리조리 길을 바꾸어 가며
거세게 타오르고
쓴물 단물 다 빠진
하현달은 배가 고파 허덕이다
배 채우겠다고
세상에 고운 빛깔을 다 끌어모은다
장작이 타면서 하는 말
불티는 연기를 타고 하늘로 올라
지는 달 속으로 들어가고
가을 저녁 개똥벌레가

짝을 찾아 불빛 춤을 추듯
불티가 추는 춤은
낭만에 여유를 남긴다
콩깍지 햇살에 입 벌어지듯
불꽃놀이 대포 소리같이
한순간 큰 소리로 탁 터지면
폭발한 불꽃에 파편은 불티가 되어
유성같이 올챙이 헤엄을 치고
어둠 속으로 마술하듯
한순간에 박혀 들어
머릿속에 잔상만 남고
눈앞에서 사라진 그 흔적이 궁금하네
초저녁 동녘 하늘을 지키던 별이
새벽이 되어가니
서쪽 하늘을 지키고
별빛에 변화를 눈치챈
수탉은 날이 샌다고
숲에서 마실 나온 밤도깨비 더러
돌아갈 준비 서둘라고 알려주고
장작이 제 살 태우며
타들어 가면 불꽃을 토하고

새빨간 숯은 그 업보 털어버리고
새벽녘 밝아오듯 하얀 재로 돌아가
무에서 유를 창조했다
또다시 무로 사라지는
사람들 삶이랑
똑같구나

2024. 11. 30.

# 겨울 아침

병아리 어미 닭 품속 파고들 듯
밤새도록 떨고 서 있던 겨울 찬바람은
새벽을 못 넘기고
쉴 곳을 찾아다니다
수탉 품속으로 파고들면
찬 기운에 깜짝 놀란 수탉은
꾸물거리며 늑장 부리는
아침 해야 얼른 오라고 꾸짖고
물꼬에 물 흘러 들어가듯
아침 햇살은 산꼭대기부터
어둠을 살살 걷어낸다
구름도 햇살 삽질에 퍼 날라져
비눗방울 떠돌 듯 떠다니고
들논에는 수북이 내린 서리에
칼날은 너무 예리해
손이라도 닿으면
금방 베어져 피가 날까 겁이 나네
열기와 맞바꾸어 먹은
난로 굴뚝에는 달빛에 비친
소금보다 더 하얀색으로
연기는 몽실몽실 피어나

꽃인 듯 겨울 운치를 살리고
알밤껍질 벗기듯
장작은 온기를 방 안에 벗어놓고
밤 껍질 같은 연기가
하늘과 땅을 연결하는
다리를 놓는다

2024. 11. 30.

# 친구가 좋다

하얀 무서리가 내린 아침은
김장밭 무 배추는 얼음이 되어
난감한 얼굴로 마주 보고 근심·걱정을 나눈다
얼어붙은 땅 기운은 찬 기운을 품어내고
문 창호지에 스며든 햇살이
빈 그릇에 물 채우듯
햇살을 가득 채워 오면
의욕은 지렛대가 되어 조급증을 들쑤시고
조급증은 총알이 되어 심장을 쏜다
놀란 심장은 두근거리고
불안한 마음에 위로가 필요해
친구를 부른다
매일 보는 얼굴이지만
마음이 외롭고 답답할 때
마음 놓고 농담을 주고받을 수 있는
친구가 좋고
내 속마음을 홀라당 다 뒤집어 보여도
이해해 주는 친구
위로와 용기를 주는 친구가 좋아라
연탄불에 고기 한 점 올려놓고
시간을 구워 소주 한잔에 붉은 혈색이 올라

나이보다 젊어 보일 수 있는 것도
다 친구 덕분이다
콩 하나로 반쪽 나눠 먹는 비둘기처럼
술 한 잔 나누어 먹는 그런 친구가 좋다
오늘은 내 좋은 친구를 위해
점심 한 그릇 사야겠네

2024. 12. 1.

# 공 삶는 날

단풍은 겨울바람에
낙엽의 노래를 부르고
기러기는 찬 서리에 겨울 노래를 부른다
가을에 혼 국화꽃은 마지막 정열을 태우고
농번기 끝에 준비하는
겨우살이 반찬에 왕초 메주콩을 삶는다
가마솥에 들어앉은 메주콩은
뜨겁다고 돌아눕고
홍수 난 강물처럼 불길은 사정없이
요리조리 길을 바꾸어 가며
거세게 타오르고 쓴물 단물 다 빠진
하현달은 배가 고파 허덕이다
배 채우겠다고
세상에 고운 빛깔을 다 끌어모은다
장작이 타면서 하는 말
불티는 연기를 타고 하늘로 올라
지는 달 속으로 들어가고
가을 저녁 개똥벌레가
짝을 찾아 불빛 춤을 추듯
불티가 추는 춤은
낭만에 여유를 남긴다

콩깍지 햇살에 입 벌어지듯
불꽃놀이 대포 소리같이
한순간 큰 소리로 탁 터지면
폭발한 불꽃에 파편은 불티가 되어
유성같이 올챙이 헤엄을 치고
어둠 속으로 마술하듯
한순간에 박혀 들어 머릿속에 잔상만 남고
눈앞에서 사라진 그 흔적이 궁금하네
초저녁 동녘 하늘을 지키던 별이 새벽이 되어가니
서쪽 하늘을 지키고 별빛에 변화를 눈치챈
수탉은 날이 샌다고 숲에서 마실 나온 밤도깨비 더러
돌아갈 준비 서둘라고 알려주고 장작이 제 살 태우며
타들어 가면 불꽃을 토하고
새빨간 숯은 그 업보 털어버리고
새벽녘 밝아오듯 하얀 재로 돌아가
무에서 유를 창조했다
또다시 무로 사라지는
사람들 삶이랑
똑같구나

2024. 11. 30.

# 활기찬 아침

새벽하늘 이름 없는 별같이
새벽잠 없는 모르는 사람들이 사는 곳에
드문드문 별빛을 닮은 불빛은
일어나 있다고 큰 눈을 깜박이고
눈물 속에 비치는 풍경같이
새벽안개 속에 비친 거리는
어둠과 밝음을 잘 섞어 놓은 물감같이 흐릿하고
이른 새벽에 어쩌다 한두 명 새벽기도 간다고
교회 십자가 불빛 아래로 모여들 뿐
대다수 사람은
육상경기 출발점에 서서
준비 땅 총소리만 기다리고
병아리알에서 부화되어 나오듯
어둠 속에서 아침 해가 부화되어 첫걸음을 뗀다
부지런한 기러기는 아침 먹거리를 찾아
노 저어 간다고 삑 삑 힘든 소리가 나고
남보다 빨리 움직인
운 좋은 물까치 한 무리는
주인 없어 수확 못 한 큰 고목
감나무에 걸터앉아 홍시에 단물을 빠는데
어느 것이 홍시이고 어느 것이 물까치인지

모르게 매달려 있고
대문 밖을 지나가는 길손이 있는지
개는 낯설다고 왕왕 짖어댄다
삶이 숨 쉬는 살아있는 아침은
모두 다 기운이 넘치고 생동감이 있어
하늘에 태양만큼 활기차구나

2024. 12. 2.

# 사랑 별곡

바람이 속삭인다
너를 보러 가자고
파도가 와서 철썩인다
너를 보고 싶다고
따뜻한 겨울 햇살은
움츠린 마음을 불러내고
생각은 하루에도 당신 모습을
수백 장도 더 그려 낸다
전화기 속으로 들려오는 당신 목소리는
마음에 풍금 소리를 내며
봇물 들어오듯 내 귀에 쏙쏙 들어오고
보고픈 마음이 설레발을 쳐
약속 장소를 정해
설레는 마음으로 카페 문을 열고 들어서면
반갑게 웃으면서 맞이하는 당신 얼굴이
마음 한가득 채우고
반가운 손님맞이 하듯 카페의 음악은
청춘을 향해 내 달리고
마음과 마음이 끌어당기는 눈빛은
자석이 당기는 것처럼
사랑에 눈빛이 뚝뚝 떨어진다

만남에 인사로 나누는 그리움에 포옹은
두 나무가 한 나무가 된 듯 빨려 들어가
눈을 감고 너를 안아 보니
좋아죽겠네
바라만 봐도 좋을 사람을
허기진 마음을 배가 부르도록 채우고
돌아올 때 나누는 긴 입맞춤은
당신 가슴 두근거리는 소리에
내 심장은 북을 친다
두 강물이 흘러들어 합수가 되듯
너와 나는 몸은 달라도
마음은 하나가 되어
일체감을 주는 만족감에
행복이 뚜껑을 연다
사랑으로 당신 마음이 내 마음속에 살고
내 마음은 뻐꾸기 탁란하듯
당신 마음에 한 그루 나무를 심는다
사랑을 하기 전 마음과
사랑을 하는 마음이 생긴 지금은
하늘과 땅 차이만큼 크네

2024. 12. 3.

# 사랑앓이

고추잠자리 가을 하늘을 물어오듯
내 생각은 하루 종일
네 생각을 물어 나른다
삼 년 가뭄에 기우제 지내고
비를 기다리듯
내 마음은 너의 관심을 기대해
마음이 조급증을 내
종소리를 마구 딸랑거려 대지만
너의 응수는 천하태평
망경장파에 노인이 낚싯배
노 저어가듯 느긋하기만 하고
돈 못 벌어 오는 가장의 저녁 어깨처럼 무겁고
찬바람 된서리에 국화 꽃잎도 풀이 죽어
고개도 못 들고
소금에 절임 당한 배추처럼
모두 활기가 죽는다
전구 등 교체하듯
너 마음을 사랑과 관심으로
확 바꾸어 줄 수도 없고
홍수에 흙 떠내려가듯
단단한 내 마음도 시간에 뜯기고

무관심에 조금씩 패여
허물어져 간다
감기보다 더 지독한
사랑앓이는 수두 맞은 주사 자국처럼
흔적이 남고
사랑이 애태우는 몸과 마음은
총 맞은 가슴처럼 성한 곳이 없다
사랑앓이의 시간이 더 길어지면
그 상처는 깊고 커져 가고
자라 보고 놀란 가슴 솥뚜껑 보고 놀란다고
그리운 봄꽃 지고 새로운 여름꽃이 피어도
상처 위에 피는 꽃이라
가슴 아픔 멍울은 남아 있어
빠질까 봐
징검다리 건너갈 때 조심하듯
마음에 작은 창문만 열고
그 공간만큼 들어오는
그대 마음을 받아
들일 것 같네

2024. 12. 4.

# 하루살이

큰 나무 그늘에 치여
한 많은 눈칫밥을 동냥해 얻어먹던
키 작은 단풍나무, 키가 큰 단풍잎은
늦가을 바람에 다 털리어
낙엽 되어 초라할 때
고단한 삶에 강화된
생명력 하나로 초겨울 햇살에
금덩어리 반짝이듯
예쁜 단풍잎으로 어서 와
구경하라고 손을 흔든다
기러기 날갯짓에 달빛은 밀려가고
밀려가는 달빛은 시간을 밀어 올린다
땅에 온기는 찬 기운에 사로잡혀
서리가 되어 언 땅을 덮고
겨울 햇살은 서리 속으로 녹아 들어간다
오늘도 삶은 시간에 마디를 새기고
인생은 세월 속에 걸어가는 그림을 그려간다
꿈은 조각상이 되어 모습을 나타내고
저녁노을 빛이 산등성에 마른나무를 불 때우고
심지 다 탄 촛불처럼 하루 일을 끝내갈 때
해 질 녘 둥지로 날아드는 새처럼

집으로 찾아들고
힘 다 쓴 배터리 충전하듯
보람과 행복으로 삶을 충전하고
또 다른 내일의 꿈을 설계한다

2024. 12. 5.

# 12월

손끝에서 시려 오는 느낌에서
겨울을 느낀다
발끝에서 전해오는 차가움이
겨울이라고 말하고
밤새 찬 바람 찬 기온에 휘둘리다
얼음이 된 난초도
겨울 햇살 품에 쓰러져
생사를 달리한 눈물을 흘리며
폭삭 꼬꾸라져 있고
온기를 빼앗아 달아나는
찬 기운 때문에 몸은 움츠러들고
기분은 기가 죽어 고양이 걸음으로
살금살금 기어간다
찬 기운에 나는 포로가 되어
방 안에 갇혀 유튜브나 보며
탈출 기회를 보고 있다
굼벵이 움직이듯
커피 한잔 생각이 그림자처럼 따라다니며
졸라대면 그 성화에 못 이겨
커피 향 속으로 빠져든다
대설 지난겨울은 응달 산

산 그림자만큼 밤 깊은
동지로 향해 내달리고
마지막 남은 올해 달력도
한물간 단풍잎 퇴색되어 가듯
빛바랜 마지막 장이
겨울바람에 갈대 흔들리듯 흔들거리고
개미 등짐 지고 계단 오르듯
나이 계단 한 계단 더 올라서서
지나온 길 뒤 돌아보니 너무 높이 올라와
어질어질한 고소공포증에 정신이 혼미하고
올해의 꿈은 무엇이 현실이 되었으며
내년의 꿈은 무엇이 바램인지
본심을 표현하고 싶은 글이
생각 안 나 쓰고 지우고
반복하는 연애편지처럼
또 다른 한 해를 앞에 두고
무슨 그림을 그려갈까?
깊은 생각에 대국 판에
바둑돌 놓는 국수처럼
다음 수를 생각해 본다

2024. 12. 9.

# 친구야, 웃어보자

초승달 눈썹이 꼿꼿이 설 만큼
냉기는 쌀쌀맞고
찬 기운 눈치가 무서워
해 떨어지자마자 약속이나 한 듯이
사람들 그림자는 자취를 감추고
거리에 홀로 선 가로등만
발을 동동 구르고 서 있다
사람 없는 밤거리에 길고양이들
제 세상 만났다고
폼 잡고 어슬렁어슬렁거리다
서로 낯선 얼굴인지
싸움박질에 야단법석을 떨어대니
그 소리가 듣기 싫은 이웃집 할배의
물 한 바가지 폭탄에 줄행랑을 놓는다
땅도 추운데 하늘도 추운지
밤사이 추위에 떨고 간
별빛의 눈물은 굳어져
하얀 서리가 되어 세상을 바꾸고
아침 햇살은 지붕 위에서부터
아이들 사탕 까먹듯
높은 곳에서부터 야금야금 녹여오고

대숲에서 하룻밤을
지센 철새는 모두 다
밤새 안녕했는지
출석 부르고 답한다고
온 동네가 시끌벅적이고
세상이야 지지고 볶던지 상관없이
햇살은 시간을 타고 하루 여행길을 나선다
얼음 위에서 하룻밤을 지새운
오리 다리가 냉기에 얼어 발그레하고
햇살에 얼음 깨지는 소리는
돌멩이가 물에 빠져 헤엄치는 물결같이
커다랗게 그림을 그려온다
오늘도 겨울 속에 낭만이 있고
그 시간 속에 나도 한몫하러 간다
웃어야 웃을 일이 생긴다
친구야 오늘도 웃는 즐거운 하루

2024. 12. 10.

# 반가운 친구

쌀쌀한 날씨에 추워서
할 일 없이 빈둥거리는 구름마저 없는 하늘에
겨울 햇살은 눈 내리듯 펑펑 쏟아지고
밤새 추위에 떨던 참새들은 먼저 햇살을 주워 담으려
양지쪽 처마 마루에 나란히 줄을 서
온기를 배가 부르도록 주워 먹는다
응달 산 키 큰 참나무는
까치발을 하고서 산등성이 너머로
고개를 내밀고 햇살 이름을 불러대고
그 성화에 태양의 발걸음은 빨라지고
빠른 걸음만큼 햇살 길이는 짧아진다
소금이 물에 녹듯 햇살 만난 서리는
힘 한 번 못 써보고 사르륵 녹아들고
벌, 나비가 꽃을 찾아가듯
오늘도 사람들은 하루 일을 찾아
일터로 떠나고 수리소에 들어온 배처럼
백수는 시간에 콩깍지를 까다
친구의 전화벨 소리가 기생오라비 본 듯
반갑게 받아 만날 것을 약속 잡아
허수아비 가을바람에 춤을 추듯
가벼운 걸음으로 참새보다 더 빨리 달려가네

2024. 12. 12.